不浪漫的法國

謝芷霖 著

目錄

【自序】

異域的流「浪」與「漫」遊

當初會開始寫這一系列文章，源於和《巴黎視野》當時藍建民主編的一場輕鬆下午閒聊。我來巴黎定居已二十年，平均一到兩年才回台灣一趟，雖然還是持續了解台灣的訊息，也與家人友人保持聯繫，但是很多習慣與看事情的角度方法，其實已經大受法國文化影響。平時自己當然不覺得，可是只要一與台灣友人深聊，不同自然而然顯現。我習以爲常的事，變成友人眼中有趣新奇的話題；或者彼此對某些事的反應南轅北轍，教人不禁好奇怎麼樣迥異的生活背景，能造就出那樣的不以爲然、大相逕庭。在兩種文化環境裡都長久生活過的我，就像是橫跨兩片土地的橋，對兩邊都有相當的了解，卻也在兩邊都曾領受到格格不入。不管穿上哪一方的戲服，說哪一國的語言，都有心領神會的時刻，也有莫名其妙的勉強。穿梭兩方時空，出入兩境思想，因爲不同，因爲跳躍，每一次的穿越來回，每一場談說交流，都能引發起程度不同的反省與波濤。沒有「自然而然」的偏見，沒有「本該如此」的故步自封，好與壞、善良與邪惡，拿起不同的文化量尺，結論也往往不一定。我想寫的，也許正是這樣的「不一定」，不間斷的「流動」。然而，「不一定」與「流動」怎麼能呈現呢？於是，我從說中文的世界所不了解的法語生活下手，用反面的語言描述異地，用異鄉的思考，挑戰母語的理所當然。以語言編寫異／常生活，以母／外語反思生存。在一笑置之的輕盈和無所適從的難解中，擺盪，定位，思索，安身當下。

因而，我從「不」寫起，由否定開端，以逆反之姿，挑戰你以爲的異生活。因爲「異」絕不是你能「以爲」，「外」總非你可「想像」。我不想以「肯定」刻畫另類刻板，也不願以「確切」口吻製造權威。於是，在「不」與「非」的無盡替換裡，你看到遊蕩和懷疑。

生活中遊蕩，書寫際懷疑。我在不斷的流動中摸索思考，也希望讀著的你開始心濤洶湧。讓我們繼續在茫茫人世／思裡載浮載沉，各說各話，相互質疑。

「眞的嗎？」

「不，不，不！」

不浪漫的法國

01

從未到過法國的亞洲人，多半喜歡把「浪漫」這個形容詞與法國，特別是花都巴黎畫上等號。到法國留學直到定居的這些年，只要跟台灣、日本、大陸等地的人提及「我住在巴黎」這件事，總會引發不小的驚嘆，然後聽到一律相似的羨慕語句：「哇！住在巴黎那麼浪漫的地方，一定……。」身邊同樣定居法國的台灣朋友，只要聽到這種句子，十有八九會開始皺眉撇嘴，欲言又止；如果是法國友人聽到，幾乎是一概表情茫然，完全無法理解：「住在法國，生活大不易，有什麼好浪漫的呀？」

把「浪漫」與法國聯結在一起的始作俑者究竟是誰，已不可考，然而其影響力卻能延續如許久遠，實在出人意料。「浪漫」（romantique）一詞，在法語中常跟藝術與文學的發展類型放在一起使用，如 romantisme、romance、poète romantique，真要拿來作形容詞形容狀態的時候，卻往往有不切實際、流於幻想的況味，總之不是什麼太正面的好詞。為什麼傳到了亞洲，翻成了中文，卻搖身一變為形容愛情與美好氛圍的佳辭，也令人百思不解。最奇怪的是，一般人又進一步把對法國的種種美麗憧憬及遙遠印象，與這個變調的形容詞並列，讓成千上萬的人，即使從未到過法國，也能流暢的說出「啊！浪漫法國！」這樣的評語。

一般人心目中想像的「浪漫法國」大致有以下幾種刻版印象：時尚、時裝、精品、香水、化妝品之都。法國女人個個苗條優雅，穿著高貴又具有不凡的品味，創造潮流又不失個性。因之法國人也天天悠閒喝高級咖啡，嘗美食，飲醇酒，品精緻甜點糕餅，彷彿柴米油鹽等人間煙火，皆不沾染法國人的生活。至於法國男人則個個英俊瀟灑風度翩翩，對女人既殷勤又體貼，似乎個個都是風花雪月的調情高手。處處有城堡，古意盎然，風景宜人，薰衣草香若有似無穿梭，連走在巴黎路上都令人發思古之幽情。法國人的家居布置都高雅華貴，彷彿每個法國人都是有錢的布爾喬亞。

這就是大家心目中對「浪漫法國」的極致想像。

讀到此，所有定居在法國的僑民，大概全數都會開始搖頭嘆氣，扮出各式各樣不以為然的鬼臉，急著大聲對執迷不悟的「浪漫法國」擁護者喊出：「錯！大錯特錯！真實的法國生活，完全不是你們所想的樣子！」

第一次來到法國的人，多半會先至首都巴黎，要想逛遍這個城市的各角落，最好的方式還是搭乘地鐵。看到四通八達的地鐵網絡，的確令人眼花撩亂，對其便利讚賞有加。等到真正鑽入地下，坐上車，穿行於如迷宮的通道，習慣了台灣捷運乾淨清爽環境的台灣人，不免要蹙起眉頭、捏起鼻子，低聲抱怨：「怎麼這麼髒，到處都是隨手亂丟的垃圾、票根、菸蒂，車廂破舊，而且還有怪味，甚至還看得到老鼠奔竄！」是的，有一百年以上歷史的巴黎地鐵，雖然一再整修翻新，卻難掩老氣。一般人欠缺公德心，也加速了硬體的損壞及環境的髒亂。還有為數眾多的流浪漢，以站為家，往往就在月台座位或車廂裡便呼呼大睡起來，隨地小便；酒醉的還有可能摔破酒瓶，搞出滿地碎渣酒臭狼藉，甚且在地鐵裡騷擾乘客。擁有大量觀光客的巴黎地鐵，自然也是小偷扒手的目標地，偷護照、搶錢包，根本已是見怪不怪，乘機摸屁股性騷擾的鹹豬手，也免不了。大都市該有的雜、亂，莫名其妙的種種怪人，巴黎統統具備。更別提時不時的罷工，通勤成了作戰，擠車有被踩死的風險，整城脫序大亂。天天搭地鐵上下班的居民，日日所見皆如此，一進地鐵火氣特大，臉上總是一副「少來惹我」準備罵髒話的表情，你想跟他們說「法國浪漫」？他們應該只會回你一個白眼吧！

法國還有一種「另類髒亂」，那就是「狗屎處處」。法國人可以穿得光鮮亮麗，優雅遛狗，卻任寶貝狗隨處大小便，讓路人隨時得小心翼翼，以免誤踩地雷，那可就狼狽不堪了。這樣子走路，誰還悠閒高雅得起來呀！尤其是住在狗數眾多的巴黎，誰沒有踩過幾次狗大便？那時，也只有口出幾句法國土髒話可以勉強消消氣了。要住在「浪漫法國」？有經驗的法國人會勸你：先學會巧妙躲閃狗屎的輕功，再學學幾句起碼的粗話，以備不時之需吧！

法國人念舊，所有新事物到了法國，總要遲好些年才進得來，要不就是一腳被法國人踢開。要法國人做新改變？那真是比登天還難。跟最容易接受新潮流、勇於嘗鮮的台灣比起來，法國簡直像個遲暮守舊的頑固老人。記得十幾年前，當我在台灣已經會開始用 e-mail 收信時，在法國，恐怕還沒幾個人聽過此一名詞。當 Internet 如火如荼發展的初期，法國人卻還在用昂貴的 Minitel。在法國生活，除了對新事物慢半拍外，還要忍受種種不便利。台灣商店營業時間都到晚上，便利商店五步一家，買菜購物皆方便，肚子餓，隨時可以找到販賣吃食的場所，選擇眾多。但是到了法國，生活細節如不好好計畫，那是很有可能會對著空空如也的冰箱，徒呼負負餓死的。法國，連首善之都的巴黎，都沒有便利商店。店家一般七點或七點半打烊，超市雖然開得晚，但可沒有像 7-11 那樣的服務。待超市關門後，就只剩

1. 最亮麗的生活表相，最不堪的落魄街頭，在巴黎也是肩並肩的風景。
2. 巴黎保存著許多古蹟，也充斥著最新潮的店家及最前衛的藝術創作，新舊交融，古今比鄰，連路標都可以古往今來時空錯雜，卻毫無違和感。

下昂貴的餐廳了。然而餐廳又豈是一般人天天吃得起的？如果粗心大意衛生紙用完，那也求救無門，只有明天請早，等超市開門，若是隔天恰遇商店關門的星期天，那……只好去跟隔壁的鄰居商借了吧！所以，定居在法國的人，莫不乖乖學習做菜，高物價下想吃美食，那除了自己做還有什麼辦法！每個星期，固定上大型超市採買生活物件及食材，看著清單買，免得遺漏了什麼得上市區小商店補貨，就得付出更高的價格了。每天回家，挽起袖子洗手做羹湯，忙著跟烤箱與鍋爐奮戰，法國可沒有夜市小吃，更沒有自助餐便當可包的！另外，台灣人朋友相聚，多半上餐館打牙祭，法國友人相聚當然也上餐廳，但是真正重要的聚會，都是家庭聚會，要邀請到家裡來的，從吃食到裝飾，從餐盤選擇到酒的搭配，事事都得自己來，沒有個十八般武藝，是很難得到法國友人的喝采呀！最難的是做完菜還要用最快速的身手把自己打扮成優雅貴婦名紳，讓人覺得你只不過動動大拇指，就可變出一室輝煌了。想在法國好好生活，絕對得從學做傳統主婦開始。

法國人的守舊，自然是緣於性格封閉，安於現狀，不習慣變化。這也是為什麼雖然法國人最愛到世界各地旅遊，法國接待的國外觀光客多不勝數，法國人的外語能力卻沒有因此比別人好的原因吧。當然，法國人對法語的自負，也是重要因素，但是究其源由，恐怕還是性格封閉作祟！來法國玩，別想用英語暢遊，只怕時不時要忍受法國人愛理不理掉頭就走的態度。來到法國，就該入境隨俗講法文，吃法國食物，這也無可厚非，只不過，當法國人到別人的國家旅行，卻並未因此而盡量配合講當地的語言，總期望別人來配合，說穿了，其實就是法國人語言能力普遍不佳而已。語言能力不佳，對外來文化及事物的接受度自然相對較低，也難免顯得淺陋封閉，自以為是。巴黎畢竟是國際大都會，巴黎人還算是開放，但只要一出巴黎，法國大部分的地區都可用「鄉下」來形容，一般的法國人對亞洲文化所知甚少，碰上從亞洲來的人事物，常因隔閡太深而顯得大驚小怪。這種態度，對不相干的旅客來說，也許是一笑置之的小事，但對於嫁娶法國人成為新法國居民的台灣僑民來說，常常就成了日常家庭衝突的來源。從身邊的台灣友人中，就常可聽到種種荒誕可笑的描述。連台灣在哪裡都不知道的法國公婆，可以很自以為是地對台灣媳婦說：「我知道你為什麼要嫁來法國，是為了逃避戰亂吧？」（公婆還以為台灣是四十年前的越南嗎？）還有從來沒出過國的法國公婆，會很好奇地問：「台灣有沒有火車／飛機啊？你們吃什麼？有沒有牛？有沒有雞？喝不喝牛奶呀？」（一旁的台灣媳婦張大嘴，覺得自己耳朵是不是壞掉了，法國兒子則快昏倒，丟臉到想乾脆一頭撞死。）

要不然還有即將飛至台灣看望親家的法國公婆，緊張地問詢兒子媳婦：「我們去台灣，要不要自備刀叉去啊？台灣有沒有麵包，需不需要自己帶麵粉去做啊？」第一次聽到這樣的描述，有的台灣新居民可能會非常生氣（你以為台灣是蠻荒之地嗎？），來久的人可能聽多了只好當笑話來講，不然怎麼辦，這些封閉的法國人，對台灣或甚至亞洲都毫無所悉，你怎能怪他們問出這些「無厘頭」式的問題呢？不過，即使來得再久，再見怪不怪，老是聽到這些從沒吃過豆腐或海帶、生魚片的法國鄉下佬，用一副不屑的口吻當著你的面批評：「我最討厭吃這些東西了，這麼噁心的東西怎麼能吃！」時，你還是會忍不住生氣——從來沒吃過的人批評什麼！根本不知道味道，怎麼知道自己討厭？更何況亞洲人從小吃這些東西長大，那是我們生活的一部分，當著我的面說這種話，有沒有一點禮貌啊！

自以為是的態度，井底之蛙式的言談，除了法國文化／食物，其他的都不算文化／食物，如果這些人變成你的「家人」，時不時要面對，隨時有演為衝突可能的情況下，相信沒有人再敢開口說什麼「浪漫法國」了吧！所以，千萬不要天真地對任何一個定居在法國的台灣人講述「浪漫法國」的神話，他可能會把多年來累積的怨氣一股腦兒全發洩到你身上！

另外，法國失業率高漲，生活費又節節高升，這年頭即使是有薪階級，若是只賺最低薪資，也可能租不了房子，成為街頭流浪漢。人人自危，大家都怕哪天成了無業無殼遊民。弱勢族群中首當其衝的，便是單親媽媽，她們不但要賺錢養活自己和小孩，又要四處張羅小孩的托顧問題，她們的工作常常最不穩定沒有保障，薪資又是最被壓榨剝削的一群。即使是以獨立堅強聞名的法國女人，也是滿腹苦水。經過一九七〇年代的抗爭，女人在法國的地位儘管提高，薪資水準依然低於男性百分之二十五，升遷機會仍舊不如男性。出外工作的女人照樣要兼顧家庭，家務職位蠟燭兩頭燒，若不幸成了單親媽媽，更是新貧族群中最脆弱的分子。法國女人都像台灣人想像地手提LV皮包，每天優雅地逛街喝咖啡嗎？來法十幾年，周遭認識的法國女人裡，好像還沒有誰會發神經花大筆鈔票去買LV吧？她們談的是哪個折價網站東西又好又便宜，某家清倉大拍賣的邀請卡誰有多的，郊區新近開了一家低價超市東西還不壞，小孩的幼稚園最近感冒傳得凶，工作壓力大賺錢只是為了等放假。法國女人的形象毋寧是行色匆匆，忙碌到只好邊走路邊抽菸，或者就在地鐵上化完整張臉的妝，想要穿得漂亮，卻也要尋尋覓覓省錢管道，日子過得再焦慮，表面也要維持起碼的光鮮，但她們講個性，講實際，不瘋名牌。法國女人與生活搏鬥，她

1&2. 隨處可見的創意塗鴉與藝術裝置。

3. 便利的圖書館服務，以及閱讀習慣，法國特有的文化氛圍多元且多采多姿。

們現實得很，一點也不「浪漫」！

法國的族群衝突，暴力問題，也時有所聞。像二〇〇五年十月底，從大巴黎區近郊 Clichy-sous-Bois 引燃的警民衝突，透過網路串聯，最後演變成全國性的暴動，特別是低收入戶住宅區密集的 cités 住宅城，更是整個脫序失控，長期忍受社會輕忽的這些地區，憤怒的青少年燒垃圾箱、燒汽車，自製汽油彈與警方對峙，有的更把公營的幼稚園、體育館當成報復的目標，趁夜一把火便毀了整個社區的集會場所。這些，其實是法國長久累積的社會問題所造成的族群對立，暴力事件只不過是一個表象，反映的其實是社會深層內裡的資源分配不均、歷史情結、種族歧視等種種根深柢固的問題。然而法國政府有沒有適當的對策去解決這些問題呢？恐怕還得再等上許多年。比較令人憂心的是，整個社會的暴力氛圍，不但蔓延至校園，連中小學生上課都不能免於暴力的威脅，甚至發生老師被學生殺傷的駭人聽聞事件。一般小民，為了自身安全，也只能想盡辦法搬家、轉學，離開「敏感區域」。有些醫生，經歷過多次搶劫甚至生命威脅後，儘管想留下來為自己土生土長的區域服務，為了孩子及家庭安全考量，也只能放棄理想了。這些不得已的「出走」，其實也使族群分化、貧富差距更為嚴重。平時，我們這些住在「安全區域」的巴黎人，自然也不願隨便踏入「敏感區域」。以我自己為例，做研究生時，為了到位於郊區的大學上課，不得不穿越某些「敏感區域」，因為自己身上沒幾毛錢，加上又是窮學生打扮，倒也不太害怕，只是沒想到，黃皮膚還是惹來過街頭小混混的騷擾。幸好，大白天的，凶起來幾句惡言罵回去，就嚇退了那些小混混，也沒有造成什麼大災難。比起另個台灣學妹的遭遇，就根本不算什麼了。這個可憐的台灣小學妹，大白天的，竟然在郊區的大學學校門口遭當眾搶劫，搶匪與她在眾目睽睽下拉扯手提電腦，她整個人被摔拖在地，整條牛仔褲都撕破了，竟然也沒有路人插手。還好她的死命護衛，讓搶匪死了心，搶匪也是臨時起意，沒有用刀械要脅，她在搶匪鬆手後趕緊逃到地鐵站裡，躲進人多的地方才算沒事。

世界性的族群衝突，在近二十年來，也演變成嚴重的恐怖行動，世界各大都市，觀光大城，都遭受過恐怖分子的襲擊。巴黎也不例外。殺傷力最大的一次要屬一九九七年，RER郊區火車爆炸事件，爆炸地點就在巴黎市中心的 Saint-Michel 站，傍晚大家搭車返家的時刻，許多下班的上班族及趕著回家的學生，都成了這次恐怖事件的犧牲者。記得那天，在家收看晚間新聞，聽到這個頭條，真是捏了把冷汗，腦子空白一片。本來那天我想要去南邊的大學城吃晚飯的，**RER B** 線是必搭的火車，要是去了，說不定就坐上那班死亡列車了，還好因為又累又懶終究沒去成，而是回家煮自個兒的飯，才逃過一劫。然而那種頭皮發麻的恐怖感覺，卻久久不能消散。

全世界有的社會問題，法國都有，居住在這樣的法國，又怎麼「浪漫」得起來呢？

誠然，法國有法國特有的文化氛圍，這是世界上其他國家難以望其項背的。大城市中豐富的上檔電影，便利的圖書館服務，一般人維持著起碼的閱讀習慣，難以數計的劇場活動、舞蹈表演，各式各樣的展覽，大量保持完整的古蹟，這些都使得法國的文化生活多元而多彩多姿，也使得法國人在工作之餘，仍然會找時間發展自己的休閒生活，或專業之餘的第二興趣、第二專長。另外，法國長達五星期的法定年休，更是十分人性的措施。如果法國有什麼值得欽羨的地方，這些恐怕才是真正值得羨慕學習的特長。也許，這才是法國真正「浪漫」的地方？

→ 巴黎居大不易

02

到過巴黎的人大概都知道，這個城市雖然交通方便，景點眾多，觀光資源豐沛，要找個落腳的住處，卻是難上加難。即使只是來旅遊，在這個觀光客終年絡繹不絕的首都，地點不差價位尚可的旅館，如果兩個月前不訂，可能就客滿了。小小的客房，要價也不低，三星級旅館一晚，一百五十到兩百歐元是跑不掉的。連提供早餐的B&B民宿，一個人一天也起碼要五十歐元。加上巴黎的高物價，來巴黎玩一趟，口袋裡銀子不夠，還真是玩不起。觀光旅遊尚且如此，要在這個城市定居，站穩腳跟，可就更不容易了。

法國人跟台灣人一樣，都希望能擁有自己的房子，彷彿有了屋，人生才有開展夢想的可能，生活也才有踏實的基地。因此，在法國，買了自己的房子，才真正有了獨立自主的象徵，可以開始成家立業，為未來打拚。就這一點看來，法國文化與中國文化倒是十分相像。然而近十年來，由於物價大幅提高，房價更是水漲船高，現在的年輕人想要買棟自己的屋子，可就沒有像父母那一輩那麼容易了。以巴黎來說，十多年前，巴黎東邊地段不算貴的區域，一百萬法郎（折合歐元約十五萬五千元）還買得起兩房一廳，至少六十至七十平方公尺的大小。今天，沒有四十五萬歐元，大概買不起狀況不錯的兩房一廳了。房價在十五年內漲了三倍！薪資有沒有漲三倍呢？當然沒有。再加上愈來愈昂貴的物價，巴黎人的購買力比起從前，可是縮水許多，在巴黎買屋已經都快要變成「幻想」啦！

現在的巴黎人若想買屋，有什麼辦法呢？如果沒有祖上留傳的華屋，也沒有遺產可繼承，玩樂透又從來中不了大獎，那只剩下三種方法：第一，買小一點的房子，東西多就只好丟掉，空間還是不夠就做夾層。第二，把貸款的時間拉長，以前可能只有十年或十五年期的貸款，現在通常都從二十年期開始算起，甚至必須延長至三十年，為了擁有自己的房子，只好背負沉重的房貸，當然，前提是銀行要核准才行。第三，放棄做巴黎人，往郊區搬遷，郊區的房價自然比較低，房子維持了應有的大小水準，卻得用交通比較不方便或通勤時間拉長來交換。

房價高漲，尤其在二〇一〇年漲到最高點，跟投資集團插手巴黎房市大有關聯。經濟危機之前，美國大型投資集團看準巴黎房價只漲不跌，便進場大舉收購公寓，常常整條街的公寓都一併買下，再整修翻新，再一戶戶以高價售出賺取暴利。在收購的過程中，許多租屋戶都收到房東移轉為集團的通知信，也接獲優先購屋的資訊，然而房價高到一般家庭根本不可能負擔的地步，大部分的租屋戶只有被迫搬遷。但由於受牽連的租屋戶實在太廣，連許多社會知名人士都成為受害者，最後引發了大規模抗議行動，拒搬遷拒財團壟斷，驚動了政府高層，趕緊立法規範保障弱勢租戶，這才平息了一場大型社會風波。不過，整個巴黎房市經過這番波折，又往上攀升了好幾個百分比。

家裡有小孩需要三房以上住家的家庭，有能力住在巴黎的，自然就愈來愈少了，許多家庭紛紛轉移陣地，遷往離巴黎比較遠的郊區去了。動作慢一點的家庭就會發現，如今，即使是郊區，只要交通還稱得上便利的地區，房價也在市場機制下自然拉抬，僧多粥少，好屋是一棟難求，價錢更是令人三嘆，貴、貴、貴！幾番淒索啊！

先生和我最近也嘗到了苦果。我們目前的一房一廳公寓，對兩個人來說已經有些嫌小，需要書房閉門工作的我沒有空間，一直只能蝸居在電視旁的小角落（一人想埋首工作，另一人看電視娛樂？門都沒有，若不想吵架，就只有妥協或同步行動），如果有親友來訪，更是連借宿的可能都沒有。（連地鋪都不知能打在何處，廚房地板上嗎？）現在更是到了想多買一件衣服、多添購一本書都得先丟棄另一件另一本，才騰得出位置擺放的地步，已經不知還能怎麼更有效利用收納空間了。迫於現實，只好也痛下決心，投入找房換大的行列。我們的預算看來也不少，可是放進巴黎房市一衡量，馬上就成了不起眼的小巫，想要繼續待在我們住慣了的區域附近，還真的買不起大坪數，只能挑格局好不浪費空間的小三房一廳，否則就得往更便宜的地段遷移，交通便利或治安的考量上就勢必得打折扣。小的話，又想要小而美，這麼一來，選擇就更是少得可憐了。選擇不多也就算了，最可怕的是大家的需求和預算似乎也相差不了多少，每當有合適且看來條件不錯的房子貼上網，那動作可得快，如果當天沒能約到看房的時段，之後就錯失先機了。我已有好幾次經驗，明明以為是頭幾個看到廣告的人，結果約看的時間還沒到（也不過一、二天之差），要不就是連約都還沒約，天哪！房子已經賣出去了……而且顯然買主連殺價都沒有，馬上原價買下……這這這……折扣季搶衣服、超市搶促銷品都沒那麼刺激！這可是買房子耶，動輒五、六十萬歐元的交易哪，怎麼能決定下那麼快，付訂金付得那麼乾脆？還有一回，我們終於下了決心出價，由於房子本身仍然有許多缺點，必須施工改善，所以也把價錢往下壓，但還是有人一元不殺出原價，我們自然比不過別人的豪氣干雲千金不惜而敗下陣來。常常，我們還很不甘心地想等這些衝動的買主反悔（法國買屋下訂後有七天的考慮期），天天盯著廣告看是否仍在，若兩星期後仍在，表示又有進場議價的希望了，可惜，反悔的買主真是太少太少了。結果，我們依然在尋尋覓覓。何時才能出現有緣的房子呢？只有老天知道了。目前能做的，也只有走在路上就四處逛仲介公司櫥窗，要不就每天守在電腦前，緊盯著網上的廣告，不管是個人出售或透過仲介公司，總之要做到所有網站都滴水不漏的地步才行，最好是廣告一貼出就能打電話立即聯絡，當天或隔天馬上看屋，否則，我們愛的大家都愛，地點好交通方便的更是搶破頭，還來不及考慮就讓人占了先，那時就只有望屋興嘆啦！

這是買房子的不易。但是，一個人一輩子能買幾次房子呢？除非是投資客，否則一般人買房子的機會畢竟不會太多。在尚沒有能力買房子前，或是不想讓擁有限制了自己的行動自由，就只能租房子啦。

然而，在物以稀為貴，需求量大大超越空房供給的巴黎，最近幾年，要租到房子，簡直已經成了「不可能的任務」！

近年來，由於房價高漲，連帶也使租金狂飆。以巴黎便宜的十九區為例，現在一間約十六個平方公尺，附衛浴及小廚房角落的迷你套房，已經喊價到將近一個月七百歐元，巴黎的其他區就更不用說了，交通方便的熱門區套房的租金，大概很少低於八百歐元，除非是房東自家出租小房間，才有可能比較便宜。在租金高昂，生活費又居高不下的情況下，如今，幾個人分租大公寓已經不再是窮學生的專利，為了用最經濟的租金換取較寬敞較舒適的生活空間，營造更多居家氣息，連年輕上班族都投入了分租公寓的行列，巴黎市中心令人望而卻步的租金，以及房東愈來愈嚴苛的薪資條件要求壓力下，更把這些分租族推向了郊區，以前中產階級不願涉足的一些93省的大鎮，如Saint-Denis、Montreuil、Bobigny、Pantin，也有愈來愈多的中產階級進住。

台灣的讀者讀文至此，應該都會產生很大的疑惑：為什麼房東對薪資條件的要求會趨向嚴苛呢？所謂的嚴苛又包括了哪些要求呢？其中原委可是說來話長。

法國的法律相當保護房客，一旦租屋契約簽訂，房東每年能漲的租金便受政府頒訂的公式規範，不能任意調高，每年漲幅有限，必須要等到租約結束房客搬離，重新找房客簽租約時，才能大幅重新調價。房客如有繳不出租金的情況，房東也不能隨意趕人，必須循法律途徑追討，公文往返費時，加上法律基於人道立場，冬天低溫下不能讓人流浪街頭無家可歸，因此漫漫嚴冬季節，從十一月到三月，即使驅離令已下，仍須延至春天，方可執行。對房東來說，直是「請神容易送神難」，若是倒楣碰上不繳房租的房客，或房客因生活巨變而繳不出房租了，不要說租金十之八九追不到手，想要請他走路都成了天大的難事，法律申訴到驅離令下達，少則拖

好的房子在法國往往供不應求房東挑選房客，看屋前還得準備一堆文件才有可能租到理想的屋子。

上兩年，房子最後有時還成為報復的對象，慘遭破壞。這種情形也成為許多房東的夢魘，如果是退休老人以房租為生活補貼這樣的房東，那可是連基本的生活收入都不保。為了避免此般難以收拾的情況，房東在挑選未來房客時，當然只好謹慎小心以求自保。

因此，收入穩定又鮮有裁員風險的公務員，成了房東的首選，其次是高收入族群，夫妻檔雙收入自然又比單身貴族保險，最不受青睞的則數單親家庭、學生或沒有公司罩傘保護的外國人，這些人是最難找屋的弱勢族群。巴黎的房東挑選房客，簡直比公司錄用人筆試面試還繁瑣，想租房子的房客，看屋前就得先準備厚厚的一疊文件，從最基本的身分證明文件、薪資單、銀行帳戶號碼、一直到前房東開具的按時繳交租金證明，都最好能備齊。法國租屋有個不成文的規定，收入起碼要是租金的三倍，以保障房客在生活費與所得稅之外還有繳納租金的餘裕。然而，在巴黎條件已嚴苛到最好收入能占租金的四、五倍，如果不到標準，就需找保證人擔保，保人的薪資條件也同樣要有租金的四、五倍，若仍然不夠，則要求到兩個保人！以目前的租金高水準來看，不知能真正賺到租金四、五倍薪資的人有多少？這樣過分的條件，自然也造成了相當嚴重的社會問題，有一些脫離原生家庭在外自立的年輕單身族，為數不少只能靠自己打工的學生，剛開始可能根本只賺得了基本薪資（目前約為一千三百四十三歐元），或者連固定的薪水都還沒有，只靠自己怎麼租房子呢？只好到處借住友人家，要不淪為無屋流浪族，或寄居車上，或街頭露宿，或找無人空房住「霸王屋」。二〇〇八年底爆發的經濟危機，使許多員工突遭解雇，失業率的攀高，使付不出房租被迫離開的人數爆增，也使得無屋流浪族的數目成倍數攀升，形成嚴重的社會問題之一。

照以上的描述看來，外國學生想在巴黎落腳，更是比登天還難了。大學城的學生宿舍幾乎是排不進去，住屋環境也不見

在法國，租屋困難，連走在路上也得注意仲介公司的櫥窗。

得好，大部分舊式樓館，房間也小得可憐。CROUS 學生中心提供的租屋廣告服務，通常打電話去問都已出租，完全沒有效率可言。台灣來的留學生，通常只能仰賴華僑房東在學生網站上的私人廣告，或口耳相傳經人介紹，可惜經由這樣的管道找到的租房，三分之二是不簽約無法申請租屋補助的，要不然就是必須與其他學生分租公寓。而這些租房，常常也很快就租走，完全是看運氣。假如上述的管道都沒用了，又急需安置的地方，那就只好投入巴黎的找屋作戰軍團了。我們當學生的時候，網路還沒有那麼發達，如果不要讓仲介公司剝削，唯一能找到房東個人租屋廣告的媒介，就是 *Particulier à Particulier* 了。那時每個星期四出刊日，一大早就得去搶購，火速開始打電話約看房子，太晚可能就租出去了。然而，只要是在巴黎境內，有地鐵站，情況還不錯租金也尚可接受的房子，看房的時間一到，還未抵達地點所在，就可見長長的等待人龍，往往同時看房的人多達五十人以上，甚至有發生過隊伍還長長一列，房子都沒看上一眼，前面就傳來「已經租出去不必等了！」的訊息，那時即使心有不甘也沒辦法，況且外國學生的身分，和其他人比起來一點優勢都沒有，房東通常也不想租給我們。既然如此，受過幾次教訓後，決定找仲介公司，只要有錢，也許還有一點機會。那時我們都會在麵包店或超市前，拿一種免費廣告雜誌，裡面刊登著各式各樣的小廣告，賣車賣地求才求職連算命的都有，當然也有相當大篇幅的租屋廣告欄。這裡的小廣告大多數其實都是仲介公司刊登的，有時也有黑心商人，專門以高價租給沒辦法的外國移民的「黑心房子」。我就曾經看過一次這種「黑心房子」，商人在電話中吹噓得天花亂墜，什麼有廚房設備包括家具，結果去了一看，天啊，這樣的地方哪能住人，又陰暗又破爛，一張簡直可以直接丟進垃圾場的沙發床，髒得可怕，恐怖的廚房，髒兮兮的廁所，把我嚇得只想趕快逃走，心想這種等級的房子也敢出這種價租人哦，有沒有搞錯。後來回想那時整棟公寓跑上跑下的黑小孩黑媽媽，再對照電視報導的揭發，才明白這就是一般人口中的黑心商人（Marchant de sommeil）出租的「黑心房子」。黑心商人利用外國移民需房孔急，卻租不到房子的困境，這些很多居留都有問題的外國移民，有房住已經大為感謝，即使房子狀況差，也多半不敢聲張，便讓黑心商人有機可乘，專收高房租卻任房子腐壞朽爛，淨賺昧著良心的移民財。

剛來巴黎時，我也和許多留學生一樣，住過頂樓改建傭人房，寒天也得鑽進位於走廊，冷風都可以灌入的簡陋土耳其式廁所（就是那種腳就踏在方形便盆裡的廁所，不小心腳就會踩空），而且是很多人共用的，房裡的浴室則為加蓋，就在鄰居的廚房上，水管常常塞住得定時清除堵物也就算了，樓下鄰居還會上樓來警告我不要太晚洗澡，因為什麼動靜她都聽得一清二楚，沒什麼隱私的樣子。三百年的老建築更免不了滋生蟑螂，有一回我居然在冰箱後發現窩巢，蟑螂可以鑽進冰箱生小寶寶，把我嚇得差點精神錯亂，原本看到蟑螂就手軟腳軟的我，也只有壯起膽子，買了殺蟲劑就直搗巢穴，邊噴灑毒劑邊亂棒揮打，後來少不了又被樓下鄰居囉嗦一頓。

房東是沒有申報租金的，我也不能申請租屋補助，十三平方米又嫌太小，為了尋找更好的居住環境，蝸居一年半後，我決定搬離頂樓改建傭人房。為此，我尋尋覓覓長達六個月！就在我幾近絕望之際，偶然看到一個小廣告，地點、大小和租金都合乎我的要求，趕緊約了時間看房，前面看房的人似乎都是上班族，老舊的地毯和傾斜的屋頂，可能都讓他們挑剔，然而對我這個窮學生來說，獨立的廚房、衛浴，甚至還有小澡盆，那麼大的空間簡直就是奢侈了，而且租金並不貴，我立刻就跟仲介說我決定要，當天下午便帶了所有文件去仲介公司，沒有保人怎麼辦，沒關係，我可以請銀行擔保，也就是押一大筆錢在銀行，由銀行出具證明作保，金額通常都不少，那次仲介公司要求等同於一年房租的金額，我跑到銀行辦理手續時，因為很少有人申辦，連總經理都親自跑來關注了，他一聽數字，馬上很有義氣地幫我打電話給仲介公司求情，請他們顧念我只是學生，改成半年房租的租金抵押，由於銀行總經理都出馬了，仲介公司也就很賣面子地修改金額，當天下午就辦好簽約手續了。當然，我除了銀行抵押金之外，還要另給房東兩個月的押金，將近一個月租金的仲介費，再加上第一個月的租金，這不是撒錢是什麼？可是如果在這上面還斤斤計較的話，又找不到保人，就根本不必租房子了。

又過了幾年，我又有要找屋租的需求了，而且那次沒有半年可長期抗戰，急需的情況下，學生找屋的行情又比以前更差，怎麼辦？最後只剩私人公司經營的學生公寓一途。起碼，那是專門租給學生的公寓，不會因為學生身分而歧視我。問題是：租金不便宜，而且依文件申請順序來辦理，不能挑屋，等分配到房後，才能去看屋。整個程序都跟別人不一樣，我很納悶：如果分到的房子我不喜歡怎麼辦？可是那時情況緊急，我連猶豫的餘地都沒有，只能將就。好地點的學生公寓都是全滿，等待空房的申請文件可以排上兩三年，我沒法等，只好挑遠一點又正好有房空出的公寓，租金也比較便宜，文件先送再說。這種私人公司雖然專租給學生，但是要求一點沒比別處少，他們還不要銀行擔保，只要收入豐厚的保人。幸好，那時我來法國已多年，身邊已有信得過的朋友，而且已出社會賺錢，收入也有租金的四倍，願意做我保人，把薪資單及銀行帳戶號碼都交給學生公寓公司，我才總算在兩個月內租到房子。文件審過後，分配到空房，才終於能跟管理員去看房，看房前我擔心得簡直睡不著，去看了後才驚嘆自己的好運，公寓是新整修的，所有的設備都又新又乾淨，浴室又大光線又好，還有正常尺寸的大浴盆，而且我分到的是整層公寓角落最大的一間房，比別人的空間大一點，鄰居又同為學生，相處起來也十分融洽，馬上就認識了一群朋友。由於是私人公司統一管理，所以定期會派人來清潔通風口，點除蟲劑，也有管理員負責大樓基本的清掃維修，比起其他普通公寓都來得有制度得多。連租屋補助都有比較高的額度！哇！那真是我留學生生涯裡所住過最好的公寓了！後來，每當有留學生要找住房，我都優先推薦同類型的學生公寓。

在巴黎，要找個安身立命的小公寓，可得各顯神通，各憑本事，最重要的恐怕還是運氣，沒有一點小小的運氣，還真的很難順利落戶哪！只要問問住在巴黎的朋友，每個人都可以告訴你一串曲折的找屋故事。安住後說不定還有各種意想不到的小問題，與鄰居的衝突啦、漏水啦、莫名其妙的噪音啦，總之，故事是講也講不完。

唉，巴黎居大不易啊！

二〇一〇年四月

→「巴黎女人」生活實相

03

從留學生時代，到後來定居巴黎，十六年的巴黎居歲月，讓我在食衣住行各方面，都不知不覺沾染上巴黎人的氣息，連思考事情的方式、抱怨的習慣、坐地鐵時面無表情的樣子，也不免落入巴黎人的模子中。雖然說在台灣出生長大，但是最近幾年，聽到很多台灣社會的新語彙，難免莫名所以，不解其義；面對許多鋪天蓋地而來的對法國的「期待、嚮往、評價、幻想」，也常常問號連連，不懂為何台灣朋友對法國的諸多「印象」都是天差地遠的「誤解」。其中最常聽見的就屬對「巴黎女人」的刻板印象了，各式形容往往都好到令人誤以為到了「天上人間」。可是卻完全跟我認識的、每天接觸的、自己實際體驗的所謂「巴黎女人生活」八竿子打不著關係。你以為「巴黎女人」都是怎麼生活的？「巴黎女人」實際上又是如何生活的？

詢問所有的台灣朋友，他們對「巴黎女人」的印象是什麼，幾乎所有的人都異口同聲：「巴黎女人既優雅又時尚，自信，有點高傲，懂得打扮，喜歡美食卻又不會發胖。」這些印象到底都來自哪裡呢？充斥書市的美國翻譯書？法國女星少數在好萊塢電影中呈現的形象？名牌廣告中如夢般的影像？來巴黎旅遊時逛精品街獲得的感想？總之，這樣的印象深入人心，堅強得幾乎難以抹滅，卻讓明明住在巴黎的我一頭霧水。「巴黎女人」的生活實相，跟你想的完全不一樣。

迷思一：「巴黎女人」每天踏著從容優閒的步伐，走在風景如畫的街道上。時不時駐足精品店前欣賞名牌最新的傑作，累了便坐在露天咖啡座，慵懶輕啜濃郁的 Expresso 或淡雅的花茶。

「巴黎女人」生活實相：「巴黎女人」其實大部分每天都忙得灰頭土臉，一大早就要忍受塞車或擁擠的地鐵和公車，有小孩的還要先趕著把小孩送往學校、托兒所、幼兒園或保母家。街道上常常不怎麼乾淨，菸蒂、紙屑是家常便飯，而且多半坑坑窪窪，水泥路沿多不平整，若是老式的石塊地，那更是高低不平，走路不看路的話，隨時可能絆倒或扭傷。在地鐵經過的大街上，還常見覆蓋地鐵通風口的大型鐵格網，不夠粗的鞋跟絕對陷進鐵格「難以自拔」！所以，真正的巴黎女人是很少穿五公分以上的高跟鞋的，要穿有跟的鞋子，也以粗跟或靴子為主，穿著細跟高跟鞋想在巴黎街頭好好走路，簡直是不可能的任務！根本要有去找醫生報到的決心才敢做那樣的傻事吧！如果你在街頭看到穿著細跟高跟鞋的女人，應該不是要參加特殊派對，就是要酷不知天高地厚的青少女吧！要不就是有車階級——開車族——或是正在要去搭計程車的路上！以地鐵代步的巴黎女人，如果不想在層層疊疊的地鐵階梯間折騰死自己的腳，通常都是選擇平底或低跟鞋。很多上班族根本就是穿著球鞋進辦公室，然後換上準備好的高跟鞋，只在辦公室亮相，做樣子的。否則就是穿著最大眾化的「仿舞鞋娃娃鞋」（ballerine），不管到哪裡都舒服自在又美觀。冬天的話，則以鞋底抓地穩的平底靴最受歡迎，下雪結冰時你要是敢穿著高跟靴子上街，保證你走不到幾公尺就摔個四腳朝天。至於街道上地鐵裡的人，多半都繃著臉，帶著緊張焦慮的表情，忍受著汗味與擁擠，常常一個不小心，碰到人撞到東西，吵起架罵起髒話的情形，也不算少見。很多地鐵站又髒又臭，還有流浪漢酒鬼躺臥其間，要錢的也不少。你要是問巴黎女人每天走在「風景如畫」的街道上有什麼感想，她一定先給你一個白眼再回你一句：「見鬼啦！」

至於咖啡座，每天又忙又累的巴黎女人，通常只奔波來往於家裡與工作地點，還要買菜、接小孩、煮飯，什麼時候有泡咖啡館的悠閒？那些在露天咖啡座上混一整天的，不是觀光客就是休假中的人吧！要不就是午休時間趁談生意偷跑出來喝咖啡的，真正為五斗米折腰的正常巴黎女人，一年中能泡咖啡座、喝下午茶的悠閒時光，應該只有休假的時候。所以囉，談什麼「從容」「慵懶」，真的是天方夜譚。

大部分的巴黎女人，都走路急匆匆，整天趕時間，趕上班、趕火車、趕接送小孩、趕與醫生客戶朋友的約會、趕買菜、趕回家做飯、趕做家事，什麼時候能有從容慵懶的閒情逸致？也許只有青少女才有那麼多的青春年華可揮霍浪費吧！成年女人，最慵懶的時分，可能只有坐地鐵有座位時，小小的打盹瞌睡一下！

精品店跟名牌，似乎是法國的國際商標，不過真正的法國人卻好像不那麼著迷。君不見LV旗艦店外長長的排隊人龍，清一色是外國人臉孔，又以亞洲人居多？街上真正提名牌包包的巴黎女人，還真是不多見，最容易撞見的地方，大概只有富人麇集的十六區。我回台北或走在東京街頭，看見的名牌包包，恐怕是巴黎的三十倍以上。精品店是經濟蕭條的法國產業裡，唯一還能一枝獨秀的，靠的是什麼？外國人！尤其是愛出國散金的中國人、俄國新興暴發戶以及中東石油富翁。只消看看現在的精品店店員要會什麼外國語便了然！除了英文以外，最好還能會中文、俄文或阿拉伯文！都是這些外國貴婦在支撐法國精品產業！當然，其中台灣、日本、韓國的觀光客，也有甚多貢獻！真正的巴黎女人卻實際得多，要她們沒事花那麼多錢買名牌，她們只會覺得你頭殼壞掉。巴黎的物價高昂，法國的苛捐雜稅更是多如牛毛，購買力低落的今天，要是不好好打點家用，只怕除了月光還得借貸度日，那怎麼成！

精打細算的巴黎女人當然也得好好規畫生活用度。其實巴黎女人也喜歡用好東西，只不過不一定要名牌，最叫好叫座的，多半都是中等以上的牌子，雖不到名牌程度，卻設計精巧，耐用質佳，也不會像廉價貨那樣，用個兩次便壽終正寢或是退流行。巴黎女人在經濟危機時分，還是喜歡挑選這些好東西，不過由於購買力低落，連這些中等牌子也都變得太過昂貴。怎麼辦？巴黎女人有耐心，她們會等打折，等網上的過季拍賣，像每日推出不同牌子存貨拍賣的網路元老 Vente-Privée.com，和其他後來眾多同類拍賣網站，如今根本已成了巴黎女人定時報到的最受歡迎網站，誰沒在上面訂過貨品、快快樂樂買下市價三成的套裝或包包？除了網路拍賣會外，實體限時拍賣場也在巴黎如雨後春筍般蔓延，以搜購拍賣品為樂的巴黎女人可不在少數。現在許多二手拍賣網站，也成為巴黎女人賣舊愛買新歡的最佳據點，衣服、包包、鞋子，甚至三C產品、家電用品，都成為巴黎女人展現精明與眼光的場域。愛用好東西，不愛名牌，精打細算，這應該才是真正巴黎女人的面貌。

迷思二：「巴黎女人」都很會打扮，美麗、優雅又性感。

「巴黎女人」生活實相：老實說，我不太了解「優雅」、「性感」這樣的印象是從哪裡得來，即使看原汁原味的法國電影，裡面的法國女人形象，也以自然隨興居多。尤其是法國電影裸體鏡頭挺多，女星的身材幾乎常常暴露在觀眾眼前，而鏡頭處理也往往不若好萊塢電影那樣美化霧面，有時甚至坦誠到尖銳暴短的程度，所以我們也能很清楚地看到，法國女星大都不是紙片人的病態暴瘦身材，豐滿有肉型、乳房平坦者，皆所在都有，演技好最重要，似乎也沒人會因此大驚小怪。但是跟台灣觀眾嚴苛的「美麗」標準比起來，恐怕還要差上一大截。一般人的話，雖不至於太胖，但也很少見到骨瘦如柴的女人，連雜誌上偶爾出現紙片人模特兒，都會遭女性讀者去信糾正。男性偏愛的似乎也是豐滿一點的樣子。巴黎女人也不會因為有點小腹或腿不夠修長，就用衣服把自己遮掩起來，照樣理直氣壯該露便露，該現就現，自然舒適為主，不見得在乎小節。很多台灣女性認為不夠「優雅」的細節，在巴黎可以天天上映。夏天穿無袖連衣裙，內衣肩帶在巴黎永遠外露。腿上絕對不穿絲襪，她們才不在乎曲線夠不夠漂亮，能曬到珍貴的太陽比較實在。巴黎女人臉上不見得會上粉底，可能只畫畫眼線，拍點古銅色的粉。頭髮可能隨興綁一綁，隨意梳兩下。

說到打扮穿衣服，那真是有目共睹的「保守」。在巴黎，雖然也會有流行，但是一般巴黎女人很少跟隨流行腳步，大部分還是以萬年不敗的基本款為主。雜誌上的流行趨勢，讀讀可以，做參考而已，真要打扮起來，還是十分個人本位的。巴黎女人對自己的風格固執得很，自己覺得舒適漂亮最重要，管流行報告怎麼講！可惜的是，在顏色上通常相當保守放不開，經年黑、灰、藍，夏天也許有小小花樣變化一下，但很少會有太鮮豔的色彩出現，連他們的鄰居英國女人都看不下去，因此色彩常成為歐洲海峽兩岸女人的爭議焦點。像日韓系那種粉嫩的顏色，可愛的樣式，在巴黎絕對成為滯銷品。也許是為了彌補衣著上的保守，巴黎女人在飾品上倒是很放得開，誇張的項鍊手鐲大戒指，對她們來說都不是問題，她們不但愛買飾品，也用得精采漂亮！走在街上，常常有出人意表的裝扮出現，都要歸功於飾品的畫龍點睛之妙。這又跟台灣喜愛小飾品的趨勢大異其趣。不過，如果比較台北街頭和巴黎街頭，我想，現在的台北女人要比巴黎女人花更多的時間在打扮上吧！巴黎女人其實既不跟流行也不愛束縛，都是隨興自然為主，有時可能是因為自信，有時則是根本不在意別人的眼光。當然，她們再怎麼邋遢，也不會拖鞋睡衣走上街，一定是規矩的外出服，找得出正經的脈絡，起碼有點搭配感。但是真正的巴黎女人形象，應該跟大家的想像有一段距離。隨便把一個巴黎女人擺到台北東區街頭，不知道會不會因為太過樸素，不在意小節，而被批評為「完全沒有打扮的品味」呢！

不過，在巴黎女人面前，可要十分當心，她們雖然可以隨興自在，不著修飾痕跡，但台式的「雞婆勸告」，或任何對其外貌打扮的批評，都最好避免，因為巴黎女人的自尊心最強，膽敢說她的不是，小心她當場跟你翻臉。巴黎女人在對身體的絕對自主權前，她的自由不容分說，千萬不要以為旁人可以輕易置喙。在台灣常常會出現身邊的婆婆媽媽、姊妹兄弟，連帶同事朋友，都喜歡不經意地一句：「你這件衣服是不是有點太露了！」「你最近是不是曬黑了！」「你今天頭髮好像有點亂！」一副「為你好」的善意姿態。來到了法國，面對巴黎女人，這種「干涉他人」的言論，卻是最要不得的禁忌。要稱讚，巴黎女人很歡迎；至於批評或勸告，大可免了，她要怎麼裝扮，那絕對是她的事，與任何人都無關。

迷思三：巴黎女人喜愛美食，而且都吃不胖。

「巴黎女人」生活實相：在房價高升，物價飛漲的今日巴黎，連餐廳都成了奢侈品，一般人由於荷包緊縮，第一個砍掉的費用，自然是可有可無的餐廳。法國人喜愛美食，巴黎人尤其是，巴黎女人自然更不例外。沒錢，那只好少上餐廳，雖然不能上餐廳，但也要維持起碼的美食品質，那只有自己動手做。除了那種還住在家中有媽媽照顧的青少女，一般的巴黎女人都能做幾道拿手菜。家裡每天要吃的不算，還要有能在家裡開晚會的斤兩才行。在巴黎，與好朋友的聚會，一定要請到家裡來招待，才算夠誠意，愈是親近的好友，愈要請到家中，才顯得出彼此的關係。因此，巴黎女人多多少少都要有辦個像樣晚會的身手，才不會貽笑大方。話說回來，法式晚餐也還算簡單，不需要像中國菜那樣一上十道，只要能有前菜、主菜、甜點三樣，就可以過關了。再不會做菜的巴黎女人，也知道怎麼弄出一盆像樣的沙拉，烤隻簡單不過的雞，再買個店裡漂亮的蛋糕，配上飯後的乳酪，也能撐出個不壞的場面。重點卻不只是菜色，還有裝飾、選酒、氣氛營造等等，那才是考驗巴黎女人的重頭戲。真正好的女主人，除了要會做菜之外，還要會選餐具，搭配桌巾、蠟燭，餐具怎麼擺，要用那些杯子，怎麼讓菜看起來更秀色可餐，似乎更重要。餐前酒的選擇，配菜的酒是否能恰如其分，甜點如果不是自己做的，是不是能買到眾人讚不絕口的，麵包挑選的是不是上品，種種旁枝細節，在在都顯示著女主人的品味。就算菜不夠可口，酒一定不能差，盤飾一定要擺得漂亮。巴黎女人的真正氣質，真材實料的教養，只要看看她辦的晚會就能明瞭。當然，即使要辛苦下廚、採買、布置，在客人面前女主人絕對不能蓬頭垢面，客人到來前，巴黎女人會算好時間，把廚房整理一下，化好妝穿上預先備妥的服裝，以最從容優雅的姿態接待來賓。家庭聚會可說是巴黎社交精華所在。只有參加過巴黎女人一手治辦的晚會，才能體驗到巴黎女人的內涵與修養所在。所以「美食」呢，在巴黎女人的眼裡，除了「食」之味道，還要「美」不勝收才算達到標準哪！

至於吃不胖這件事，半真半假。在巴黎骨瘦如柴的女人其實很罕見，也難得看到女性同儕因為減肥，這個不吃那個不碰的挑剔場景。大部分都無法抵擋巧克力的濃郁滋味，也禁不起美酒佳餚的誘惑。巴黎女人應該是世界上最愛吃的女人。但是由於法國傳統的保守節制性格影響，巴黎女人在美食當前倒也能適可而止，品嘗美食，味蕾嗅覺滿足了，胃也安撫了，

在巴黎女人眼中，除了「食」之有味，還要「美」不勝收。

她們就會高高興興放下刀叉，專心與友人親人同事聊天去，完成吃飯的社交面，絕不會拚命填塞，把自己當成做肥肝的鵝鴨。而且法國餐盤中的分量，多半以小而精緻為主，很少會見到美國那種豐滿嚇人的盤量，也不盛行吃到飽這種荒唐舉措，巴黎女人自然也就養成了不失控的節度。另外，巴黎女人對食物品質的要求一般來說比較高，要能兼顧健康、營養、天然及美味，新鮮是絕對要求，有機更好，價錢高些則寧可少吃，也不能放棄品質。食在精美，不在量豐，也因此巴黎女人多半體態圓滑有點分量，卻很少見到放任至癡肥地步的樣貌。所以真相是，巴黎女人並不是吃不胖，而是節制保守挑剔美食的文化性格，使她們自然而然與肥胖症的不良生活習慣絕緣。

雖說經過一九七〇年代的女權運動抗爭，如今法國女性的地位已經比二次大戰前改善許多，但是仍然有太多有待努力爭取的地方，譬如職場上男女薪資不平等可差到二十五%的情況，政府要職和議會中欠缺女性等。即連原本已立法的人工流產權、避孕藥普及等，在保守勢力抬頭的今天，竟也重新受到挑戰，讓許多女性必須站上公眾舞台與街頭，再次捍衛屬於女性的身體自主權。所以，表面上自立自由而強悍的巴黎女人，恐怕實際上並沒有那麼自由，社會上的地位也尚未達到男女平權的理想，真正巴黎女人的生活，在保守的氛圍下，既要當現代女人面對職場工作，又要擔起家務上大部分的責任，其實是相當辛苦的。有些處境，跟台灣女人比起來，說不定還更艱難。真實巴黎女人的生活，說到底，真的沒什麼好羨慕的，種種迷思皆幻象。不過，看清巴黎女人的真面目後，你會發現，其實她們既不遙遠也不高傲，還滿親切可愛的，不是嗎？

二〇一二年四月於巴黎

→ 法國女人，妳的名字是什麼？

04

結完婚，我突然不知道自己是誰了。

二〇〇七年，婚宴後一星期，收到好友媽媽的賀卡：咦，我的姓不見了，直接變成了先生的姓！最怪的是，平時在法國為了方便，已經習用外文名字的我，這個外文名字再加上先生的姓，天啊，怎麼看都不知道跟我有什麼關係。我看著陌生的信封，思考了五秒鐘，這個人是誰啊？天，「好像」是指「我」耶，可是這個名字，完全法國化的名字，跟我這個台灣人，完全沒有關係啊！這怎麼能是我，不行不行，我可不能接受這樣一個我絲毫無法認同的身分！記得我曾經「很嚴正」地跟所有的法國朋友聲明：我沒有換成夫姓，也不想加冠夫姓，我從小到大的姓就是我的姓，雖然法國人有婚後換夫姓的「習俗」，但是法律也保障我不換的自由。所以，麻煩各位，可以用我的外文名字叫我，但請用我的「本姓」稱呼我！我還記得，每次聲明完，總要承接一些奇怪的眼光，好像不換夫姓也不冠夫姓的我居心叵測，意圖不良似的。沒關係，只要真正的朋友誠心尊重就好，其他人怎麼用保守的心態衡量，或用老一輩的想法來看，也不必太在乎。我安慰自己。

隨著時日增長，我原本不以為意的問題，竟然成了我時不時得面對的「大問題」。怎麼會這樣呢？結婚前，我還是我，結婚後我就「消失不見」，「自動」變成另外一個人了？

在法國結婚以前，從來不會想到的身分問題，一旦結了婚，才發現：怎麼以往想都沒想過的問題統統跑出來了呢？

在台灣，三四十年前，父母那一輩的人，可能還有太太婚後在自己的姓上冠夫姓的做法，但是隨著時代的進步，現在的女人，早就沒有人會去冠夫姓了，也沒有先生會對自己的太太做這樣的要求。在今天的台灣，如果到戶政事務所要求加上夫姓，辦事員恐怕還會用很疑惑的眼光審視你吧！

在這樣的環境下長大的我們，壓根兒就沒把結婚跟姓氏兩件事直接想在一起。問題是，在法國這個天主教勢力強大的國家，保守氣息的頑強，正好在這檔事上顯露無遺。

表面上，法國是個注重兩性平權的國家，在法律上也盡量「政治正確」，可惜，在現實生活中往往有許多積習已深的地方，法律是一回事，現實又是另一回事！結婚後換夫姓冠夫姓這事，就是「有理說不清，習俗壓過法律」的最好例證！

話說，我也不是那麼不「入境隨俗」的人，平時用夫姓來稱呼我為Madame XX（XX夫人）就罷了，或者日常往來的郵件用夫姓來稱呼我，也就算了。但是，在官方文件或行政手續上，為了避免誤會或混淆，我就得特別注意，因為法國人這種「不符合法律的自動換姓行為」，已經對我造成實質上的困擾了。

譬如，找到新工作，新老闆、新學生、新氣象，沒想到拿到新的薪水單，才赫然發現：新的會計又「自動」把你的姓抹掉，換成先生的姓了……。我只好趕快緊急拿去請老闆改掉，還要跟他囑咐，一定要「馬上」改掉，因為我的所有正式文件包括健保、稅單、銀行帳戶，都保留我的本姓，所以千萬要統一，不能「身分混亂」。老闆一副：啊你不是結婚了嗎，所以我們以為你一定也改了姓了。我在心理嘀咕：「我有跟你們叮嚀說要換夫姓嗎？沒說的話，幹麼那麼『自動』，不能事先問一下嗎？我的名字隨便就讓你們改掉的哦？」嘿嘿，這一等，又是三催四請了兩個月後才正名回來。

這下子，見識到「自己的身分隨時都有遭抹殺的危險」後，我學乖了，也每一次都要「不厭其煩」的叮嚀：「我保留自己的本姓」，好確保不再發生同樣的烏龍事件。

為什麼這麼緊張兮兮？當然也是因為身邊朋友曾經由於對起始「混亂更改」的情況不以為意，結果各處室「相互模仿跟進」，直到政府機關來信要求她正式去信聲明冠夫姓或改夫姓時，她才發覺大事不妙，態度堅決不冠夫姓也不改夫姓的她，這下只好一一去信各機關處室，聲明：我保留本姓！把她著實煩擾了好一陣！

警醒的我，畢竟還是在銀行踢到最頑強的鐵板。那些已經在婚前開了帳戶辦了信用卡的，常常，要保留本姓的唯一辦法竟然是：那就不要更改婚姻狀態，否則，可能預設的電腦系統就會直接把你的姓變成夫姓。好吧，隨便你們銀行改不改婚姻狀態，我只要身分不被竄改，支票可以簽，信用卡能用，就沒有問題。只不過，這樣「落後保守」的銀行系統還是有爆發問題的一天。

最近，為了辦理房屋貸款，我和先生換到了貸款利率比較好的另一家銀行，也在那裡開了一個兩人共同帳戶，方便處理日常生活中的共同花費，也一起申請了支票及信用卡。因為有了之前多次的「身分消失」經驗，我在開戶要簽名的那天，仔細檢查了文件上的姓名資料，果然，又「自動」把我的姓換成夫姓，於是我當場提出修正，又得把所有「理由」重述一遍。心裡想：應該是那些結婚後換夫姓冠夫姓的人，該提出證明文件「申請更換」才合理吧？哪有每次都要我堅持要求把「本姓還回來」的道理呢？我盯著銀行顧問把姓名和錯誤的資料改正回來，才簽下了名。心想，這樣總不會有問題了吧？沒想到那才是噩夢的開始。幾天後，收到的銀行信件上「依然不是我的姓」，先生去領出的共同帳戶支票本，竟然只有先生的姓名！對，就是連我的名字都消失不見了！又過了幾天，去領 Visa 信用卡，卡上「依然不是我的姓」。這下子，我真的火大了，不是已經再三叮囑過了嗎？怎麼還是依然故我，「自動竄改」我的身分呢？不但拒領錯誤的信用卡，還立刻跑去質問銀行顧問。沒想到銀行顧問竟然連道歉都沒有，還想盡辦法要我接受下來，跟其他的行員一搭一唱：法國人都是這樣，所以電腦表格是設定成這樣，沒辦法改；咦，不是一結婚所有的身分證件都會自動變更嗎？所以我們只是配合而已……

我愈聽愈火大，已經跟他們說破嘴，我會有實際上的使用問題，因為台灣的護照上只會顯示你的本姓，這樣子是「身分不合」，我拿到這樣的信用卡和支票等同於廢物，無法使用。行員還繼續說，反正在法國不會有問題（因為法國的信用卡是按密碼的設定，不需看身分證件），說到最後根本就是暗裡在質疑我：太太，你為什麼不直接換夫姓就沒事了。只差沒有明說出來。法律明明保障我的自由，憑什麼變成我要在那裡費心費力跟銀行解釋請求呢？有沒有搞錯啊，我是付錢的客人耶，應該是銀行來配合客戶吧？這種狀況真是太荒謬了。（究其原因，只因為我是女人就該倒楣認栽嗎？）講到最後，銀行顧問只好把問題推給行內的法律顧問，說等問清楚了再給我答覆。我心想，給我打官腔，我倒想看看法律顧問能說什麼！明明是他們沒理的事，還要問什麼？以為這樣我就會折服嗎？

我雖然有十足的把握證明我有理，不過，在法國住了十多年，也略知法國人自以為是的嘴硬個性，屆時我若不真正亮出法律條文來，他們仍然可以打死不認錯也不改的。絕不摸摸鼻子了事的我，開始到處翻查相關法條。這才驚訝地發現，這所謂的習俗，和一般人自以為是的想法，其實跟法律明文規定是完完全全相反的。

根據十八世紀末以來的法律 La loi du 6 fructidor an II（23 août 1794），第一條條文即明定：「所有公民皆應冠以出生證上之姓名，如有更改應以原出生姓名為準。」（Aucun citoyen ne pourra porter de nom ni de prénom autres que ceux exprimés dans son acte de naissance : ceux qui les auraient quittés seront tenus de les reprendre.）同樣法律的第四條則明確規範：「公務員，如國稅局執達員，嚴格禁止以出生證明以外的姓名來指稱公民。」（qu'il est expressément défendu à tous les fonctionnaires publics, comme les huissiers du Trésor de désigner les citoyens dans les actes autrement que par le nom de famille et les prénoms portés dans l'acte de naissance.）

那麼，為何會有女人結婚後要換成夫姓這樣的習俗呢？根據推測，應是源於歷史上父系社會女人沒有經濟能力亦無實際決定權，在生活上必須「在家靠父權，出嫁賴夫威」，因此，一旦出嫁，只得仰賴夫家照養庇蔭，除了變為「夫家人」也別無他法。緣此，一八〇四年的民法（le Code Civil de 1804）才會一度出現，已婚女性需以改從夫姓來彰顯社會地位改變的事實。然而，這個條文在拿破崙離婚之後出現了轉機，女性改換夫姓只限於婚姻關係中，一旦離婚或夫亡，則可取回本姓。到了一八九三年，La loi du 6 février 1893，律法明文規定：換夫姓純為風俗習慣，夫姓的使用只能視為一般的慣用姓，而且只限定於婚姻有效期間。

但是，對於法定姓（nom légal）與慣用姓（nom d’usage）之間，卻依然缺乏明確的法律規範，也因此造成了使用與認定上的混亂。一九八五年，l’arrêté du 20 mars 1985 法令不得不明白規範：「婚姻沒有任何改變配偶雙方姓氏的效力，出生證上之姓氏為唯一認可之姓。然而，配偶雙方於日常生活中，皆可加入配偶之姓氏與己之姓氏共同使用，已婚女性也可以夫姓代替本姓。已婚女性或寡婦得於其出生姓上加冠夫姓，已婚男性或鰥夫也得於其出生姓上加冠妻姓。」（Le mariage est sans effet sur le nom des époux qui continuent d’avoir pour seul patronyme officiel, celui qui résulte de leur acte de naissance. Toutefois, chacun des époux peut utiliser dans la vie courante le nom de son conjoint en l'ajoutant à son propre nom ou même pour la femme en le substituant au sien. La femme mariée ou veuve peut donc ajouter à son nom patronymique celui de son mari, comme l'homme marié ou veuf peut ajouter celui de son épouse.）從這條法令解讀，婚姻並沒有改變任何人姓氏的效力，尤其是在法定文件上，儘管在日常生活中配偶雙方都可以使用對方的姓氏。法令也考慮到兩性平等原則，而特別強調平時使用配偶姓氏的權利是對配偶雙方而言，並沒有特別針對其中任一性別。

一九八六年由首相發布的行政命令中（circulaire du 1er ministre du 26 juin 1986），更是嚴格強調：公務員在所有的身分證明文件、法定文件及行政文件中，只能使用出生姓。慣用姓（nom d'usage）雖可使用，但行政機關沒有權力強加，只有當事人要求於文件中加入慣用姓（nom d'usage）時才可列入。而且應明確標示出何為出生姓何為慣用姓，以避免可能之誤解。

從上述的行政命令即可看出法國政府展現出極大的誠意，來遏止一般行政機關依從習俗，任意替換已婚女性姓氏的陋習，有時替換的還不只是已婚女性姓氏，連名字都由先生的名字取而代之了。

麻煩的是，這條在二十四年前即已公布的命令，卻恍若未曾存在般，直到二〇一〇年的今天，女性一旦在法國結婚，馬上就面臨「姓氏公然抹除」的社會壓力，原來的姓氏彷彿從未存在過，大家立刻集體失憶，只剩下先生的姓氏在耳邊迴繞終日。一般人甚至不知道婚後要換夫姓冠夫姓，是必須出具結婚證明，向各行政機關申請的。如果不申請，即表示「維持本姓」。但是換夫姓冠夫姓的申請只限於慣用姓的使用而已，簽署正式文件時，仍以出生姓名為主。最可怕的是，碰到非正名不可的機關或場合，提出來糾正時，卻有平時裝成現代開明的先生在後面嘀咕：「如果你用我的姓，我會很高興。我們有同樣的姓才有一家人的感覺……。」要不就是婆婆在一旁理直氣壯的「糾正」，或者還有一堆不相關的人在身邊對你投以奇異不認可的眼神。然後，大家繼續假裝不知道你也有姓氏，繼續用先生的姓甚至名字來代表你。

女人啊女人，在法國，妳結婚前還是個獨立自主的人，結婚後就連個人都不是了。沒名沒姓。而最大的幫凶，最食古不化的力量，卻往往來自女人自己。女人已經把這種不必要的「習俗」內化成生活規範的一部分，隨時等著「訓誡」後來的女人，也別忘了遵守同樣的教條。

法國的兩性平等嗎？女權伸張嗎？以前的我覺得法國女人的地位並不低，然而，當我親身面對這些赤裸裸的事實，甚且還要藉法律的介入才能彰顯該有的「基本姓氏權」後，我忽然發現，前進的理論、法律與現實間，存在著多麼巨大的隔閡，而如何彌補這些深不可測的黑暗洞穴，才是生活在這裡的女性該持續警戒與努力的方向吧！

法國女人啊，要認清自己的存在意義，還是要先從「認識自己的姓名」開始！

簡約生活，小氣法國

05

居住法國十多年，看著法國從經濟大好，人民生活從容，一直到最近幾年，由於經濟危機，赤字與債務問題緊緊纏住政府的咽喉，失業率高居不下，物價飛漲，人民消費力遠落於後。整個法國的消費氣氛，從以往的無憂無慮，不瞻前顧後，蛻變成今日處處儉省，凡事計畫，過了眼下還要想明天的謹慎當心。老百姓的消費習慣一百八十度大改變。隨著手機、網路等電子產品的普及，一般人的消費方式也隨著產生極大的變化，從以往的逛街貨比三家，到如今網上即時刷卡，今日法國人的消費面相，早跟十多年前不可同日而語。

十幾年前剛來法國，覺得法國人買東西都不太在意價錢，沒有打折的平時，只是因為一時衝動，也不管沒有折扣，卡拿出來一刷，眼皮都不眨一下。上餐廳用餐，更是週末常有的事。平時沒事，也愛上咖啡館消磨時間。那時景氣好，大家收入工作都穩定，房價和租金還算低，日子悠閒舒適，荷包裡總是有餘錢可以應付哪天突然發生的購物熱。存款是看心情高興。度假時更為了補償辛苦的自己而加倍花銷。

近十年來，光是巴黎，房價漲了起碼三倍，租金也因為僧多粥少而水漲船高，如今六百歐元只能在巴黎租間迷你套房，也許還是頂樓傭人房改裝的，夏熱冬冷，廁所得穿越公用走廊。而且沒有人敢挑剔，因為你不要的話，後面還有五十個人排隊搶著要，房東選擇租給你，已是莫大的恩典。有穩定工作的上班族，為了不過這種讓房東挑揀，還要大費周章到處排隊，不停打電話尋找空屋的日子，乾脆直接存錢買房子，但是令人咋舌的房價，即使拉長貸款期限，還是成了每個月沉重的壓力。租金和貸款，通常已占據一般民眾收入的二分之一到三分之一。油價、電價、瓦斯，所有能源都漲價，所得稅、房屋稅、居住稅也都沒有下降的跡象。大眾交通工具費用只漲不跌。老百姓的購買力自然也就直線下降。二〇〇八年經濟危機後，裁員、失業、減薪、關廠、獎金縮水接踵而至，對一般人的生活來說無疑是雪上加霜，日子更難過了。

情勢所迫，連一向天真度日不太算計的法國人，也不得不勒緊腰帶，斤斤計較起一分一毫來。各式各樣的省錢妙方走入生活，節儉小氣成了必須的常態。但是一向吃好穿好用好養尊處優的法國人，仍想保有往昔的生活品質，於是讓人眼花撩亂的優惠與折價方案，成了如今法國人的最愛。

首先是各種 **Vente privée**（私密拍賣）網站的興起，意思是指保留給入會會員的超特價拍賣，必須有介紹人介紹才能加入，或接到引介的廣告信，但其實入會相當容易，可以說是所有大眾皆能加入。這些網站通常以低於市價五〇%的價格拍賣

2

3

1. 法國人的正式餐點無酒不歡，因此賣酒的專店在巴黎的巷弄裡可是重要的風景，若不知做什麼菜可搭配什麼酒的話，問老闆或店員便可解決。
2. 隨著另類採購方式的出現，透過 La Ruche「蜂窩主人」安排，直接向農家訂購的形式，也成了新流行，我家附近的「蜂窩主人」其實是一間小咖啡廳劇場，沒有表演的週六早上，就成了領取農產品的臨時市集。
3. 衣著回收箱。

過季商品或庫存品，在限期數日的拍賣時程中供消費者搶購，熱門的商品往往在拍賣開始的一小時內即告售罄。剛開始時只有零星的名牌加入，選擇也不多，近幾年卻成了最流行的消費模式，幾乎每個人都加入至少一個相似的拍賣網站，大量品牌加入，商品也不再僅限於有流行週期的衣飾、鞋襪、配件，從食物、酒、家電用品、電子產品到裝潢用的燈飾、地毯、廚浴配件、床單罩組，什麼都有，近期甚至連戲劇表演的票、歌星出新唱片，還有旅遊套裝行程、豪華旅館住宿，都上了私人拍賣網站。幾個最出名的私人拍賣網站，每天一開場都是大熱門，造訪人次屢創新高。而這些網站的成功故事，自然也啟發了不少為大家省錢的新式消費。

法國人即使沒錢，還是愛用有品質保證的有名牌子，但是正常價錢下買不起，所以大家都一窩蜂搶過季品，從私密拍賣網站的成功，商人很快看出了這一點。但是衣飾配件等物，有時還是要現場摸摸碰碰，試穿比劃一下才能勾引購買欲望，因此腦筋動得快的，便把私人拍賣網站的同樣模式帶進實體店面，同樣是限時拍賣，可能是單獨一個牌子的 showroom（展售會），也是過季品特惠價；有時則是某個網路店鋪集結所有商品的展示會，照樣是吸睛低價。晚近更出現一種「短期商店」，商家在人潮眾多的地段，專挑新舊租約間的空檔租下黃金店面，開張營業兩三個月，店中只賣商家四處收購來的庫存品、出清品或倒店貨，多半是一些小家電或家用品，經過店家的消費者難免因為特惠價而好奇上門，逛一圈後多半也都會心動購買，商家不須負擔長期高額的租金及人事費用，消費者也以超低價買到生活必需品。

另外一種新興省錢消費法，則是從美國流行過來的「團購」，以美國Groupon集團帶起風潮，後來自然也有其他規模較小的法國本地網站跟進。這種網站上的商品可就更五花八門了，除了一些實體商品外，許多都是服務，譬如按摩、剪髮、染髮、修指甲，甚至連英語課程、駕訓班考照課程，都可以找到團購優惠。通常開放登記的時間為一天，一旦集結到足夠的人數，訂單便成立，之後再由下單的消費者自行與商家聯絡預約服務時間。但是團購常常因為人數沒有控制好，造成下單者過多，商家無法於時效期內消化服務完眾多消費者，而造成消費糾紛。而買到的服務品質良莠不齊，網站卻難以提供評量標準，也無法保證品質，使得許多消費者失去信心。因此，「團購」畢竟掀不起如私密拍賣網站的熱烈風潮。

針對一般民眾對服務性質消費「團購」的熱烈，近來也出現專門以美容保養商品及服務為折價賣點的網站，除了一般性的美容化妝香水類商品，最受歡迎的還要算是各式各樣的按摩、保養、SPA、美髮的折價套裝，剛開始還僅限於城市的商家，後來更擴及於觀光飯店的ＳＰＡ套裝行程，吸引了許多疲勞的城市上班族成為網站的忠實顧客。

既然連「服務」都可以折價，民以食為天，對愛美食的法國人來說，腦筋自然要動到餐廳上。不過，要讓最傳統的法國餐飲業願意打折，的確不容易。一直到最近兩三年，才終於出現預約特價餐廳的網站。經濟不景氣，連帶使得一般民眾減少上餐廳的頻率，也使餐飲業者經營起來愈感吃力，為了吸引顧客上門消費，除了建立口碑，更要在質量與價錢上取得消費者的好評。新店家需要建立口碑，老字號需要持續好評，看準了餐飲業者愈發激烈的競爭，預約特價餐廳的網站才總算建立規模。因為網站上不只能預約特價餐廳，還能看到顧客的留言評比，作為消費者消費前的參考，所有消費者前往預約餐廳後，網站也會主動要求消費者評鑑，提供以後消費者意見。所有餐廳的口碑、評價，都在網站上一覽無遺，菜單、特色、價位也都一一詳列，對一分一毫都得計較的現代法國人來說，這種新型態的網站，已悄悄改變了他們上餐廳的習慣。以前要跟親友打聽才上新餐廳，現在只要打開電腦，連上網，馬上就能知道哪裡有什麼樣的餐廳，有沒有特價，評比如何，可以依照自己的心情、預算、人數、所在方位來尋找最適合自身狀況及口味的餐廳，動動手指，甚至不必費力打電話，更簡約，也更省力方便了。風潮所及，如今連許多態度強硬的米其林一星餐廳，都不得不加入打折行列。有些餐廳更乾脆推出兩份不同菜單，一份特惠菜單專門給由網站預約的顧客，以因應必須名列網站的壓力。法國的餐飲業正面臨前所未有的革命性轉變。

交通上自然也出現低價航空網站，但是在行李、餐點及座位上的限制，也使得一般人還是會考慮傳統的航空公司。不過，連態度最強硬的法航，都不得不在這一兩年推出低價機票的副牌網站，就知道在經濟不景氣氛圍下，想要抓住消費者的荷包，還是只有乖乖降價。比餐飲業和航空界更保守的法國鐵路局SNCF，也禁不起競爭壓力，而不得不推出所謂「浮動標價」，也就是在開始賣票期，為吸引買氣，推出座位總數十%左右的早鳥特惠價，之後再隨著買氣指數提高價錢，愈是購買者眾多，愈難找到好價錢。也因此，好時段的火車票，如果不早點動手搶，到了後期就只剩最貴的票可撿了。另外，法國鐵路局SNCF在時勢所趨下，也必須推出超低價TGV子彈列車，以挽留消費者，也就是近年來眾所周知的ID TGV，以超低價位震撼大眾。事實上ID TGV只是法國鐵路局外包的獨立公司，與法國鐵路局作業系統不一樣，連賣票都有專屬的網站，車廂也與普通TGV分開，只是與普通車掛在一起，看似同班同車次，但價錢低，車票也多半是家中即可印出的條碼票。ID TGV 就像是廣告看板，吸引消費者重拾火車旅遊的習慣與樂趣，藉由某些行程的特惠價，來增添其他路段的搭載率，提升法國鐵路局的總進帳。好個放長線釣大魚的策略。但是消費者也不是省油的燈，有計畫的人會提早計畫旅遊，想省錢的人自然會去搶那10％的特惠頭香，或選擇不熱門的時段，小氣一族仍然能在旅遊上省下不少銀兩。

除了經濟危機，世界環境的惡化，也使得現代法國人意識到簡約生活的重要。省荷包的同時，如果還能做到環保，那可是再好不過了。隨著這種意識崛起，傳統上最重視隱私與所有財的法國人，也掀起了資源共享的革命。大城市如巴黎、里昂等地大受歡迎的腳踏車自由租用、定點歸還的制度（Vélo'v, Vélib', V'hello, Cyclocity...），讓大眾能夠多一種環保的交通工具，不需花大錢購買，也不必自行負擔維修、防盜等成本，而是由使用大眾共同分擔。巴黎最近一年，更把同樣的觀念推展到汽車分享租用上，而發展出 Autolib'，而且使用的還是最環保的電動車，讓大眾免去養車的開銷，減少市區內的車量及污染，又便利了消費力下降的民眾生活。

政府帶頭推展節約與環保的交通措施，民間自行發起的汽車共乘（Co-voiturage）卻早已行之有年。同樣兼顧荷包與改善環境，共乘最大的困難——在車主與乘客間牽線，也隨著網路及電腦、智慧手機的普及，而獲得圓滿的解決。現在，只要在網站上點一點，人數、里程、價格、起訖點，馬上都能一目了然，不用幾分鐘就能輕鬆預約共乘行程，車主有了乘客補貼的油錢，乘客也找到比火車便宜而機動的交通工具，向最怕麻煩的法國人，也逐漸將這種新式交通方式，融入生活。

食品及日用品購買上，早些年已有許多 Hard Discount 低價超市進入法國，開始分食法國超市商圈這塊大餅。這些低價超市許多來自德國連鎖，以簡單至寒傖的貨品陳列、少樣基本的選擇、少包裝低成本的貨品，成功降低營業成本，再反映到價格上，也吸引了不少中低收入的客源。但是法國人迷信大品牌的習慣仍然根深柢固，那怎麼辦才能省錢呢？首先，這兩三年位於郊區的大型超市不再擴增，規模也縮小，取而代之的是城市中的小型超市如雨後春筍冒出，原因很簡單，消費力下降的法國人不再像以往花許多時間逛超市，現在為了精準控制消費額，不受賣場誘惑，索性縮短購物時間，或乾脆在自家附近買齊基本簡單的用品即可，省時的同時也省開車往返的油錢。另一種因應的方式，則是 Drive 服務的興起。這種服務相當簡單，消費者上網依據自己的購買清單選購好商品，指定好取貨的定點，在約定的時間自行開車到定點，東西拿了就走，省了運費，完全照清單購物，沒有因為衝動或誘惑而生的多餘消費，也省下許多停車、人擠人的時間。還有一種新興的省錢網站，也是近一兩年的大熱門。以往購物折價券都是由超市自行印發，或者由產品製造商在食品包裝上加印，需要的消費者卻不一定能拿到受惠。怎麼樣才能成功地替廠商找到消費者，並讓有興趣的消費者享到折價券的甜頭，進而成為忠實消費者呢？折價券專屬網站便應運而生。在這樣的網站，只要註冊，就能自由選擇自己需要的折價券印出，直接帶到超市使用即可，不必像以前那樣拿著一大本折價券，既要費勁找還要費心剪，而且又浪費紙和油墨，一點也不環保。現在消費者只要取自己所需，而提供折價券的廠商，也能透過網站上註冊的資料，成功掌握消費者的樣貌，對兩造皆有利，既省下商家的行銷成本，更回饋了忠實顧客，因此這種網站近年來也愈來愈受歡迎。

在省錢與環保兩大意識抬頭下，喜新厭舊的法國人也不得不改變積習，開始願意接受二手用品。從最早的 E-Bay，到現在最有名的 Le Bon coin 都是著名的二手商品買賣網站。現在買賣二手商品更成了潮流，舉凡衣飾、家具、嬰兒用品、玩具到電子產品，幾乎無不可賣無不可買。交易熱絡到甚至出現二手流行衣飾的專門網站，而一些大型連鎖商家如FNAC，也都必須因應潮流而辦起收購電子舊貨，再整理重新出售的二手買賣業務。現在的法國人，為了看緊荷包，可以拿二手iPhone，穿二手衣，開二手三手車，看二手書，用二手家具布置家居，也不覺得有什麼好丟臉，還可以大聲宣揚自己的環保節約愛物，這絕對是二十年前的法國人所完全無法想像的境況。

在此風潮下，還有一種有趣的情況。現代許多家電用品，往往發生故障後，送修困難，人工貴，而廠商又常常聲稱找不到替換零件，或藉口高昂的維修費用，勸消費者直接換購新品。四處碰壁的消費者，剛開始也許就換買新的，可是久而久之，也覺得不符合環保意識，自然就把腦筋動到「自己動手修」上。習慣自己動手布置家居的法國人，也不覺得動手修東西令人為難，只是需要找到詳細說明，也需要找到替換的零件。拜現代科技之賜，腦筋動得快的人，馬上就利用網站把這些問題一併解決。如今，上網便能查到一些家電用品的簡易構造及修理圖，也能輕鬆訂購相應的零件，人工貴沒關係，大家自己動手修！手不巧也沒關係，因為現在有各式各樣的課程可上，教你「如何輕鬆動手做」！現在的法國，似乎因為經濟不景氣，而走出了環保的大路，也算是出乎意料的好結果吧！

大家一直以來，都把法國當成貴婦名媛來看待的眼光，可能必須改變了！現代法國在經濟壓力下，也得找出變通的辦法，把日常生活精打細算過下去。現代的法國可不再是以往穿金戴銀的嬌嬌女了。現在的法國精明環保，更簡約小氣！但也似乎比以前更有人味了。

二〇一二年十月於巴黎

講究吃，便掌握了法國生活的精髓

——從法國人的飲食文化談起

06

法國的獨特美食文化於二〇一〇年入選為聯合國「無形文化遺產」（Patrimoine culturel immatériel）。法國的飲食方式，到底哪裡和別人不一樣？獨特到能夠納入「無形文化遺產」之列？認真說來，法國人的吃喝，的確是生活上第一要事。先來看看官方版的描述：法國的飲食與特殊的慶典、紀念日、聚會息息相關，所謂的美食大餐，除了要能讓賓主吃好喝足外，還要能兼顧美味與和諧的氣氛，特別要講究食材品質，最好是當地特產，以在味道上能融合互襯，為餐食中選材的重點。另外，菜餚與酒是否相配，擺盤桌飾是否賞心悅目，上菜侍酒的動作是否優雅合禮，嘗味品酒的姿態程序是否合宜，都是餐點行進中不可忽略的重要環節。正式的法國餐點，從開胃酒揭幕，接著上四道菜，包括前菜、肉或魚搭配蔬食的主菜、乳酪、甜點，最後以餐後酒做結。法式美食餐飲，具有凝聚家庭與社會人際關係的重要力量，也是重要的「傳統儀式」，美食家除了須對其相關知識深入了解外，也肩負傳承「傳統」的使命。

會將法國的獨特美食文化列入「無形文化遺產」，雖然是因其珍貴，但也反映出今日這樣的美食文化面臨延續的危機。現代生活型態改變，步調比以前快速不知幾倍，現代法國人花在吃飯上的時間，已經比以前少很多，加上速食引進，現代人凡事求快的態度，自然也影響到吃飯這件大事。中午休息時間減少，便是相當重大的改變。以往在法國公司，中午從十二點到兩點，一定是休息時間，沒有人接電話，公司也沒有人留守。住在外省的，通常有時間回家用餐，家人還可相聚交流；在巴黎這種大城市，因為居住地通常較遠，往返費時，也就就近在員工食堂或是附近的餐廳用餐，三兩同事一桌，或者與公司客戶一道，高談闊論，商討公事，也是一種交際聯誼。如果設有員工食堂，公司多半出資甚多，員工只需每次用餐時支付部分負擔即可。沒有員工食堂的公司，則會發給員工餐券，每張餐券各由資方與員工薪水中負擔固定百分比，而餐券可免除公司負擔的額外稅務，等於是員工純增加的收入之一，因此資方與員工皆大歡喜。由政府及公司都支持餐券發行或設立食堂的態度來看，就可以了解法國人對用餐這件事的講究。對學校學生來說，如果不是回家吃午飯，通常也有學生餐廳，從小開始用餐就跟交友聯誼脫不了關係。這跟我們小時候開始的「便當文化」自然相差很多。便當是從自家準備，目的是以快速而經濟的方式，填飽肚子，兒童時代不是常常有同學十一點肚子餓，就已經把便當打開大吃特吃起來了嗎？在家鄉台灣，午餐時間重點就是吃飯，加上小小的午睡休息。然而在法國，重點不僅僅是吃飯而已，還在於人與人之間的交流互動，飯菜美不美味還在其次，但是一定要閒話家常、氣氛融洽，也因此搭話的酒水常常少不了，飯後延續輕鬆情調的咖啡更是畫龍點睛。也因此，在法國獨自一人埋頭吃飯的景象，真的不多，也很少像在台灣那樣，十分鐘內迅速扒完一個飯盒，又趕緊上工去。要說「吃飯皇帝大」，法國可是當仁不讓。儘管現在大城市的午休時間大幅縮減，花在吃飯的時間已經少到平均三十分鐘，地點也從以前的正式小餐館演變成今日的快餐店、速食店，要不就是外帶三明治、沙拉、義大利麵、壽司，連坐下來好好品嘗的地方都不見了。不過，即使只吃簡單的三明治，法國人也很少會對著電腦螢幕，邊工作邊食而無味，他們還是會高高興興地找塊草地或公園的長椅，邊曬太陽邊「野餐」聊天，要不也會邊走邊逛街，讓眼睛享受品味櫥窗的樂趣。就算得待在公司，也是會議聚餐，嘴巴還是要不停講話的。要法國人只為了吃飯而吃飯，大概真的很難，因為從小到大，對他們來說，吃飯就得跟一些有趣的事情或人際交流相結合，否則便失去了飲食的意義。

午餐因為生活型態改變而不得不縮短，晚餐卻有如不可侵犯的聖地，一直在法國人的生活中占有相當重要的地位。晚餐時間不僅是全家相聚的時刻，也是教育孩子、夫妻交流、親子溝通的重要場合。很少有法國家庭能夠容忍一家人各吃各的，時間不同，有的在房間吃，有的在廚房用餐，這種「混亂作息」，在法國家庭中可說是大忌。法國人對晚餐的尊重近乎神聖。事情再多，工作再忙，法國人也會盡量每天排出固定的時間，一起準備晚飯，一起用餐。簡單的餐食，也會盡量準備出前菜（即使只是一盤簡單的沙拉），一道主食（也許只是簡單的煎漢堡排加薯條），或許省略乳酪，但通常會有個小甜點（一個優格或一塊小蛋糕），用餐時也會很講究地拿出水瓶、水杯，再講究一點的會拿出一瓶普通的酒，配菜用。週末，時間充裕些，多半會加上開胃酒部分，一家人和朋友一起，大人品甜酒或茴香酒，小孩喝果汁或甜糖蜜水（l'eau à sirop），配點小零嘴如開心果、洋芋片、花生核果、香腸片一類，光是聊天閒扯便可拖上一、兩小時。一邊等著烤箱內的魚、肉熟透，一邊也順便排排餐桌，想想等一下可以開哪些酒配什麼菜。週末餐後，自然還要上咖啡、茶或香草茶，幫助消化還在其次，延續話題才是正事。把小孩趕上床後，大人繼續聊，這時烈酒上桌，可以聊至夜深方罷休。吃喝與交際活動，往往是密不可分的。

由於吃飯是日常生活中極其重要的活動之一，在法國，如果真的把一個人當成好朋友，真心要把一個朋友納入熟稔的交際圈子，最有誠意的可不是請朋友上館子聚會哦，一定要把人請到家中作客，登堂入室同桌吃飯了，那才叫做好朋友。如果你從來沒到過朋友家中吃晚飯，可見得你們的關係還不到親密，更稱不了兄弟，道不了姊妹哪。不僅僅是因為法國物價高昂，請人上館子荷包容易大失血，把自己的私密空間對外人開放，也代表了願意把心防卸下，而這敞開內心的過程，往往便透過交往間的「同甘共苦」來完成，既包括工作共事時的，也包括同桌共食時的分享。因而，請朋友到家中晚餐，可以說是法國整個民族的全民運動，想要擁有起碼的社交生活，先得學會整治一桌上得了檯面的餐食酒水。

請人到家裡吃飯，廚藝沒有兩下子，怎麼能稱得上誠意，想在法國生活，再不濟也得練出幾道拿手菜，不一定非要有餐廳級的精緻水準，但是食材一定要挑新鮮的，最好是當天早上才從當地市場買來的新鮮菜蔬，魚肉海鮮也最好是家附近熟識的店家推薦的好貨，如果還能講出食材來源的特別故事或是店家講述的有趣軼事，那更有臨場感，也顯示出主人對食材的認知。就算是只會做簡單的派餅、比薩、義大利麵，也要是家裡自做的才行，基本款沙拉也要能調製出鮮甜有味的醬汁那才叫高招。甜點可以看起來樸拙，只要是自家製作，一定能引來歡呼。假如真的什麼都不會做，或是太忙找不出時間細炆慢燉，那也一定要知道好的熟食店地址，買來已做好的餐點可不能隨便對待，必得盛入家中碗盤有若家裡自製才合乎禮儀。最怕麻煩的，不如乾脆請來家中花園烤肉，只要買好鮮肉，做一大盆沙拉，買些易烤的根莖菜類，屆時火一生，大家興致高昂，總會有能人負責把肉菜烤好上桌的。甜點類的要是真的不會做，找個喜歡的店家，可以買來漂亮擺桌即可；若是沒時間，也大可以請來賓帶甜點來當伴手禮，只要準備了主食部分，便盡了主人的義務。說到這裡，其實都還只是最基礎的食物部分，可惜法式晚餐，食物本身，當然是重點，然而讓晚餐昇華成交際盛會，又能取悅客人的精華，卻不僅止於此。愉悅的用餐環境才是最不能忽略的關鍵。

用餐環境除了家中布置，桌椅擺置方位大小合宜外，還有許多細膩的講究。通常主人會隨食材或季節想出一個搭配的裝飾主題，接著再根據主題決定顏色、氛圍及飾物。譬如時令入夏，主菜為清淡的魚，前菜也以清新的時蔬為主涼拌，甜點也許是綜合水果冰沙，用餐時天可能還未全黑呢，如果是這樣，也許靈機一動，來個海洋風布置吧，既清涼又有度假感。海洋風為前提，可能就該找天藍及米白的大小盤子置放，透明藍的水杯，配白酒的小口水晶杯，配上粉色系手把的刀叉，藍白相間海軍紋的餐巾，米白繡小花的桌布，桌子中央再擺上深藍細口廣肚瓶的桃紅鬱金香做點綴，海洋風情立現。要是還能找到放鬆療癒系的悠然音樂，搭上陣陣海浪拍岸，可不更扣合情境！既然要地中海風情，那南法典型的茴香開胃酒定不可少，想製造度假感，也可準備薄荷葉、蔗糖、萊姆酒，好調成醉人的Mojito。客人看到這樣的情境，還沒吃心就已經先滿足了，等到上菜，還能不滿口讚揚嗎？賓主盡歡，要談興濃厚，和樂融融，自然也成功了一半。可這也只是序幕而已。上菜時烹調技術自不在話下，但是怎麼美麗呈現擺盤，卻考驗主人的品味及功力。菜好可是不秀色可餐，眼睛沒能滿足，用餐的樂趣頓失一半。菜色家常，然而擺盤精緻優雅，猶如米其林星級餐廳，六十分的菜色都能造成百分的效果。法國人不僅用嘴嚐味，也要以眼辨形色的，說法國人挑食，其實挑的不只是內容還有外觀呢。另外，什麼盤子盛什麼食物，什麼杯子裝什麼酒水，什麼刀子切什麼東西，什麼餐具吃什麼，這些都有講究不能亂來，所以吃一餐飯用掉五六十個杯子盤子，一堆待洗刀叉，那可都是再平常不過的，沒什麼可驚訝。

法國人吃飯除了食物與用餐環境，還有一項最不可掉以輕心的，莫過於酒水安排。住在法國的人就算不懂酒，稱不上專家，也多少涉獵一些酒的知識，而且生長在製酒產酒的國度，無論如何也品過好些酒漿，舌頭總是比別處的人挑味點，也因此在法國請客，即便是家常招呼，酒也不能省略，家裡更要時時備好藏酒，以便有不速之客或臨時邀約之際，也能馬上變出應景之酒。百分之八十的法國人家裡都有個擺放雜物和屯酒的酒窖，每到新酒出品的季節，超市都會推出新酒市集，獨立酒莊每年也會固定開展迎客，每每可見法國人一箱箱地買回家積存，道理在此。酒不但是請客必備，到人家家裡拜訪，也是很好的伴手禮，當然家裡自己時不時開一兩瓶搭配菜餚，更是再平常不過。稍微了解法國酒的產地、特長、年份、酒莊名，適合搭配的菜餚，可以說是在法國生存的基本常識，上館子必須，請客吃飯必須，連隨便和朋友聊天談吃都無法略去不講，再懶惰的人，法國酒方面的功課還是得惡補一下。

要請朋友上門晚餐，菜餚決定了之後，還得研究上酒的順序，開胃酒要安排什麼，甜酒、香檳、Kir還是茴香酒，跟季節必須相配，也跟準備的開胃小點脫不了干係。前菜和主菜就要看是魚還是肉，紅酒白酒，波爾多還是勃根地，西南方酒區還是東北亞爾薩斯，決定起來也挺傷腦筋的。甜點也有專門的甜酒可搭配，要不開瓶香檳也不錯，有時也要看來客的喜好。餐後酒自然也得準備數種好供選擇。法國人不喝中式那種湯，席間當然還得備水，即使是自來水，也得裝在漂亮的水瓶裡讓人驚豔。現在環保意識高漲，也不時興買瓶裝礦泉水了，最新流行是買個氣泡機在家自製氣泡水，住在巴黎的也可以去幾個市政府設置的供水點，裝回幾大瓶天然泉水或氣泡水，保證讓客人豎起大拇指稱讚。連水都不馬虎，這才是在法國的待客之道。

以我自己的經驗來說，每年耶誕夜大餐就是逃不掉的重責大任。先生是獨子，從小就挑食，長大了也是除了按微波爐其他一概不會。至於婆婆，自從還能做幾道菜的公公去世後，幾乎不吃蔬菜也不會做，去她家除了烤雞、烤牛肉與千篇一律唯一的家傳甜點外，其他都是現成買來的。我曾經在與她出遊時，於鄉下農家小攤買過大蔥與節瓜，她竟然問我買來要做什麼。啊？買來做菜呀！不然呢？天啊，想來她是根本連這兩味怎麼處理成盤子裡的菜都不懂吧。有一次去她家，吃午飯時只有雞肉上桌，她壓根忘了我們是飲食均衡的人，連罐頭青豆都忘了補貨，她兒子一看眉頭皺了起來：「怎麼連一點青菜都沒有啊？」只見婆婆很不好意思地說忘了，然後進廚房拿出一包洋芋片說：「用這個代替青菜吧！」當下，我真的快要昏倒，嘴裡剛喝下的水差點當場吐出來，雖然知道法國人有時把米飯和馬鈴薯稱為「青菜類」，但是把洋芋片稱為青菜……這……實在太勉強了吧。有這樣與廚藝絕緣的婆婆和先生，連耶誕夜大餐這種純正法式餐宴，也只得由我這個外國人來張羅了。不過，我常常想問，那個家的人到底是不是法國人啊，大部分的海鮮這兩人都不吃，先生不吃乳酪（這不是法國名產嗎？），婆婆本來就不愛吃蔬菜，生病切除大腸後更是不能碰纖維質多的水果蔬菜，那到底還能做什麼呢？首先耶誕節家家必備的海鮮盤，就只剩我能吃了，所以假如我想吃這典型「法國」大前菜，只能請自己的台灣朋友來家裡做客，好正大光明地訂美味的海鮮盤。多麼矛盾的場景！海鮮盤自然要搭我最愛的兩種羅亞爾河白酒，Sancerre 或 Pouilly Fumé 都好。兩個不吃「法式」海鮮盤的法國人怎麼辦？通常只好另外訂燻鮭魚或煎干貝給先生，做烤蝦或烤魚照顧婆婆的胃！最好加上米飯或薯條當她的「蔬菜」！鵝肝醬當然也是少不了的應景菜，通常就買市面上現成的，但又以半熟的為佳，配上帶點甜度的麵包片，加上一瓶 Jurançon 甜酒或是西南部的 Rivsalte 甜酒，真是美味至極了。複雜的前菜部分解決，主菜好辦些，反正就是傳統的雞禽類，大肥閹雞 Chapon 或是雉雞 Pintade 都是不錯的選擇，土雞乾澀，我比較不愛。難就難在怎麼年年換花樣，用不同的配菜或做法，賦予不一樣的面貌。烤的、燜的、燉的，我大概都試過，配菜也是各式各樣都換過，總之每年耶誕節前，我都得想破頭變換主菜口味。雞禽類主菜，若是口味重點，也許會搭瓶波爾多或西南部如 Cahors 的紅酒，要是清淡些就不妨配瓶勃根地紅酒。甜點不是我的專長，先生通常會特別去 Pierre Hermé 排上一小時隊買個耶誕「柴木蛋糕」，要不就到近一點的 Le Nôtre 店買當年的招牌蛋糕。這兩家都是甜點界的「名牌」，價錢自然也不低，可是對視甜點如命的法國人來說，這一年一度的超級享受，是花再多也心甘情願的。為了應景，通常這時就會準備香檳配甜點了，不過我也不是什麼香檳都愛，特別愛粉紅香檳的我，為了耶誕節，就會不惜成本把粉紅香檳備上。要是選的是巧克力蛋糕，那倒也可以準備一瓶 Maury 或是西南部的 Grenache 紅甜酒，特別對味。至於餐後酒，我們家可是有寶貝的，自從去葡萄牙喝到 Amarguinha 杏仁酒驚為天人後，家裡也就屯積了幾瓶，冰庫裡一定準備一瓶冰鎮著，因為這酒得冰凍了拿出慢慢倒來喝，酒精濃度高，大家幾小杯下肚，肯定話匣子一開就再也收不住，一不小心便醉倒。

至於平時家裡請客，做我比較拿手的台灣菜，卻更討人歡心，畢竟要想在法國吃到正宗台菜，可也不那麼容易，對外國友人來說是嘗鮮，對台灣友人來說則聊慰鄉愁，所以請客做台菜的機率反而大得多。冬天時還可以偷懶，直接搬出火鍋器具，準備一桌生鮮物及香料，便可以開火鍋大會了。如果是比較正式的宴請，那就得比照法式的上菜程序，把菜單列好，還要一一想怎麼配酒。以最近一次宴請老公退休

1

2

3

1&2. 平日家裡宴客，拿手的台灣菜反而更討人歡心，也是另一種國民外交。
3. 耶誕節時的甜點、巧克力蛋糕如何配酒也是一門學問。

同事及朋友為例，因為考量到外國人對辛辣的接受度較低，而設計了比較適合一般法國人口味的台菜宴。開胃酒等待客人到齊的時間，我把下午做好的蔥油餅放進平底鍋裡煎，因為是請客，美味比較重要，做時油和鹽就照正常食譜放，煎時也倒入豐厚的油量，否則其實家裡自己吃時都減油減鹽的，雖然比較乾，卻比較健康。煎得香香酥酥了，才剪成一手可拿的小片，擺盤端進客廳，讓主客邊聊天喝酒，邊吃點小東西填肚子。這天因為訪客帶了香檳來，就直接用那瓶香檳當開胃酒。配上有些酥脆的蔥油餅，倒是十分可口，在油鹽的加持下，蔥油餅當然比平時家用的美味多多，老公登時驚嘆不已，直呼這是做得最好吃的一次，彷彿我平時都藏了一手似的，唉，只有親手做餅的人才知道箇中奧妙。等客人終於都到齊後，香檳也見底，該上桌吃飯了，主人還得先安排座位，客人才一一入座。這個時候，客人當然會對餐桌的擺設裝飾品頭論足一番。因為是台菜，餐具還加上了從台灣帶回來的筷子及貓咪可愛筷架，人家自是又讚賞又愛不釋手。這天安排的菜色都是典型台灣菜，也都是這裡的亞洲超市能容易買到的材料，如果連材料都找不到的菜色，自然也不會出現在法國的餐桌上了。前菜安排的是炒米粉，這道菜顏色豐富，料多可口，也有一點飽足感，可以讓已經餓到晚上九點的客人滿足可憐的胃。對沒有吃過米粉的外國人來說，這樣的菜餚非常新奇。我拿出酒窖裡已屆品嘗齡的勃根地二〇〇四年Volnay，這款紅酒細緻卻不厚重，配炒米粉還滿順口的。主菜部分，則上兩道，分別是三杯雞和五香燉牛肉。三杯雞大概是所有吃過的法國人都讚不絕口的菜色吧，做起來也十分簡單，只要是招待第一次來我家的客人，多半都會吃到這一味。不過我通常都會前一晚煮個七分，讓鍋子裡的雞腿肉經過一夜入味後，第二天上桌時會更香更好吃。我們家也會特別去買日本米回來（其實是美國種植的日本品種），口感綿密圓潤，比泰國長米的乾澀更適合台菜。搭配三杯雞，真的能讓人忍不住一碗接一碗。在法國要上這道三杯雞，可不能像台灣那樣一大盆盛上桌，我把雞腿肉淋上醬汁，放在個人的深盤子裡，旁邊一勺飯推整得漂漂亮亮，雞肉旁再用預留下來的新鮮九層塔葉子做裝飾，弄得很像樣了，才能端上桌。二〇〇四年Volnay配雞肉也不錯，就繼續擔綱。第二道主菜五香燉牛肉也是前一天便做好，用法式鑄鐵鍋，只要大火煮熟轉小火煮一陣後，就關火讓肉燜整晚，隔天肉不但軟嫩而且也入味，更重要的是當天不必手忙腳亂。在法國要做個稱職的女主人可不容易，不但做菜手藝不能馬虎，還要讓人覺得輕鬆自如，見客穿著得優雅高貴，絕不能流露出剛從廚房裡奮戰出來的樣子，所以在請客前三十分鐘，一定要把一切準備工作就緒，進房好好換裝打扮才行。客人來了，也不能躲在廚房裡瞎忙，要能做到在與客人談笑間，一不注意便能上菜，照顧好所有需求，這樣的水準才上得了檯面。這種功力，當然也不是一蹴可幾，我也是觀察、訓練、自我要求多年後，靠著經驗，才慢慢能做得比較周全像樣。還好，家裡是美式開放廚房設計，直接與飯廳客廳相連，在廚房也能看到客人的動態，與客人互動更容易些，不過，因為廚房點滴盡現，廚房的整潔美觀也就不在話下，即使是烹煮油膩麻煩的中式台式菜餚，也要能時時保持廚房整齊潔淨才行。所以，前晚能夠把最棘手的主菜完成，隔天待客時真的能省去許多忙亂。這也是為什麼安排這道五香燉牛肉當主菜的原因之一。這次我用白蘿蔔、紅蘿蔔及馬鈴薯一起燉，在顏色與口感上都比較豐富一點。在上菜前，也是將牛肉及飯盛在個人的盤子上，這裡可以用一點香菜做盤飾，讓顏色帶點青翠，也更秀色可餐。

這道菜因為味道比較濃厚，開的是 Bordeuax Supérieur 一家我光顧很多年的酒莊的酒，二〇〇〇年的 Beau Rivage，藏在酒窖多年，也是該品嘗的時候了。這天的晚宴，因為全程台菜，也就準備了鳳梨當餐後水果，之後才上買來的蛋糕甜點。由於是歡送同事退休，也就準備了最鍾愛的粉紅香檳來配這亮閃閃的甜點，兼有舉杯慶賀之意。最後，倒沒有拿出餐後酒，而是拿出正統的小陶壺小陶杯，泡了淡雅清香的台灣梨山茶和阿里山茶來待客，第一次品嘗到這雋永滋味的外國人，很是讚賞，也對整套泡茶的方法感到相當新奇。這一餐飯，讓他們對亞洲文化的印象幾乎改寫，也讓他們對台菜及台灣茶驚嘆，好奇心更使他們將來願意去台灣旅行，親身體驗當地文化，可以說是一場成功的文化外交了！其實我用的是相當討巧的方式，也就是將台灣飲食不著痕跡地與法國飲食文化結合，用法國的外表來包裝台灣的內裡，有了我對法國傳統在型式上的認可，這些法國人當然也就對異口味異文化，毫無防備，心悅誠服的全盤接受。

同時，我發現，有了飲食當媒介，尤其是對吃的文化尊重而講究的人，法國人更願意敞開心胸接納他們，傾聽他們。從飲食下手，對初來乍到法國的台灣人，也許會是一個交新朋友、融入法國文化世界的好方法。想深入探索與土地密切結合的法國文化，從飲食方面入門，也是深入淺出全方位認識的捷徑之一。

飲食與文化積累、生活常軌密不可分，在法國，不愛吃，那才是罪過。在這裡，優雅享受吃之樂趣，才是王道。很少聽見法國男女喊著要節食的，他們寧可戒掉一星期的上班零食和洋芋片，也不願少吃一口美味的巧克力閃電泡芙。但是法國人有到處充滿大胖子嗎？沒有。也許因為儀式及姿態的優雅，會使得他們很自然地對吃重質不重量。他們淺嘗便滿足，不需要「吃到飽，吃夠本」，與人開心交流比吃撐了更重要。又一著名的「法式矛盾」。想搞懂奇怪的法國人到底腦袋裡都裝些什麼東西嗎？先學會法式飲食吧！當你能跟他們一起在餐桌上談笑風生、津津有味時，你就了解了一大半的法國文化！

二〇一四年四月於巴黎

→ 如何讓巴黎地鐵客心甘情願掏出錢來：巴黎地鐵群像（一）

07

來巴黎自助旅行的觀光客，首要任務便是學會搭地鐵，好自由徜徉隨意遊覽，享受便利之餘也一定對錯綜複雜的巴黎地鐵路線印象深刻。即連巴黎人自己，也深深依賴這張蛛連密布的網絡，俗話說：「地鐵、工作、睡覺。」（Métro, boulot, dodo.）一語道盡巴黎人日復一日的生活節奏，多麼與這張地下網絡脫不了干係，就算心不甘情不願，也沒得選。

巴黎的第一條地鐵線開通於一九〇〇年，至今營運已超過一世紀，除了地下十四條主線外，還連接A-E等五條郊區鐵路線（RER）。地鐵站遍布巴黎各區，也包括了臨小巴黎的四周郊區市鎮。儘管有公車、地面電車，現在還可以選擇騎租借的腳踏車Vélib'或開租借的共享汽車Autolib'，但只要是巴黎人，幾乎沒辦法不使用到地鐵，地鐵其實早已深入巴黎人的生活，成為不可分割的一部分啦！與地鐵相關的趣聞、美好與討人厭的記憶，不管是誰，只要住在巴黎，都能抖出一籮筐。在巴黎居住已超過十七個年頭的我，自然也不免有許多與地鐵愛恨交織的回憶，巴黎生活最光怪陸離的一面，也許盡在地鐵回憶裡。

坐巴黎地鐵最有趣的，莫過於豐富而變化多端的各式表演，走過那麼多國家，也乘坐過許多城市的地鐵系統，然而從來沒有一個地方，能比得上巴黎地鐵的多姿多彩。巴黎是街頭表演的大本營，其中難度最高的地點，應該尚屬地鐵表演。要在人多、流動率最高，又充滿噪音的窄小空間裡展露技藝，不但要吸引人，還要能贏得掌聲，難度之高，光是用想像的就令人頭疼啦，實際做起來，沒有三兩下子，恐怕半小時內就要逃之夭夭。看地鐵車廂內的表演，常常叫人不禁為表演者難堪。地鐵裡的表演太多太頻繁了，看多早見怪不怪的巴黎人，根本是面無表情，冷若冰霜，不論什麼人上車，巴黎人眼睛照樣瞪著手中的書頁、掌心的手機，睫毛都不眨一下的。沒一點特別本事的，只是上來隨便唱兩句，拉兩下手風琴，或胡亂說幾句，一看就是來要錢的，巴黎人根本即使連領賞的錢筒都明白伸到臉顏下了，眼皮也不會稍抬一下。大家只在心裡默默咕噥：「你要錢？我也需要啊！經濟不好，生活困難，誰手頭不緊啊？就這點爛攤子，也想從我口袋裡搾出錢來？想得美啊！」然後彼此不屑地對望兩眼，繼續低頭看書玩手機聽音樂。世界上最難討好的街頭表演觀眾，絕對是巴黎地鐵客。

假如表演者真的有才能又有創意，巴黎地鐵客卻也是最不吝於給予鼓勵的。在巴黎地鐵車廂內，讓我印象深刻的表演不多，但卻令人久久難忘。最有趣之一莫過於掌中布偶戲，不知是哪個創意過人的年輕小夥子想出來的點子，他一跳上車便快手快腳地利用車廂內的兩根扶手柱搭起黑布幕，音樂響起，精采的掌中布偶戲便啟動，常常整車廂的人都會轉頭過去，目不轉睛地看完持續數分鐘、也許四五站的小戲目，由於布偶動作表情豐富，常常讓觀眾都不禁會心一笑，小孩子更是配合著一舉一動又笑又叫，更增添戲劇效果。這個表演相當受歡迎，不僅觀光客出手大方，連一向面無表情的巴黎人都笑容可掬慷慨灑錢，而整個車廂也變得和樂融融彼此相識一般，真是難能可貴的神奇。不過後來這個點子似乎很快遭人抄襲，抄襲者的劇目和創意自然差原作者一截，吸引的目光和錢數也就漸漸稀少，不久後掌中布偶戲就完全消失於地鐵線上了，讓我著實惋嘆。

另外還有一回，偶然搭二號線時遇到的，一個小型的三人樂團，邊彈吉他邊唱，應該是正式樂團臨時起意的吧，因為這個表演真是曇花一現，僅此一回，之後再也沒見過了。唱的彷彿依稀是些巴西民謠，好像也有自己創作的歌曲，中間會有一名兼主持人的歌手介紹演唱的歌曲，演奏的水準一流，歌喉更富有感情，真是太美妙了，聽得大家都欲罷不能，車都不想下了，雖然樂團一直專心演奏，也沒去要錢，只隨意放了頂帽子在地上，大家卻都非常有默契地特意經過他們，投入幾個硬幣，給個微笑，才不捨地下車。運氣好就坐在近旁的我，連聽了九站，太過癮了，幾乎想故意錯過站不下車了呢。覺得一整天的心情都開朗愉悅了起來！當然，我也在依依不捨下車前，往帽子裡投下了我卑微的敬意，對音樂家的尊崇和心悅誠服。他們是不是在去正式音樂廳表演的途中，隨意在地鐵中彩排呢？或許真是如此，也因此成了絕無僅有的地鐵音樂會，那麼，有幸能身歷其境的我，當真是遇上難得好運了呢！

有一次，又在車廂裡聽到相當具有專業水準的演唱，大家都不約而同轉頭探看，想知道是什麼樣的人物能唱出如此意境。兩首歌畢，歌手照例要巡遊車廂，有趣的是他的重點並非單純賺錢，只見他給所有有興趣的聽眾都發給一張小傳單，上面是他接下來兩個月的正式表演時程及地點，簡直是太引人了，只要是有空的人應該都會想去看看吧！這才真的是別出心裁的「活廣告」哪！那一次我也好想去看正式表演哦，可惜音樂會的時間都是我有排工作或活動的日子，想去也無法去。然而這麼直接而有誠意的宣傳手法，叫人想忘都難。

限於車廂緊迫逼人的空間，規模大一點的表演，自然就只好放棄流動空間，選擇定點定位的表演場。在幾個比較大的地鐵站，轉車空間寬廣一點的地方，時不時可以見識到簡直可說是「大規模」的「正式」表演。曾經看過多達九人的室內樂團，

1&2. 地鐵的出入口。

3&4. 地鐵最有趣的莫過於豐富而變化多端的各式表演。

整團人圍成半圓，就在人來人往的地鐵穿堂間有模有樣地奏起樂來，許多人忍不住停下腳步駐足聆聽，即使是短短數分鐘，也彷彿為忙碌的生活節奏加了一個驚喜的小括弧，眼尖的人還會發現，樂團前面擺放了一個大琴盒，盒裡展示的正是樂團錄製的CD唱片，沒時間欣賞的過客，喜歡演奏曲目的聽眾，都可以趨前輕輕放下鈔票，拿走一張CD成品。除了現場演奏，還現場展售，聽了有任何感想，甚至可以與音樂家現場交流！還有比這樣的展演更親民的嗎？另外我也見過類似規模的印地安樂團，那更有趣了，因為除了音樂，他們還穿著傳統服飾，有演奏有配唱，有些樂手甚至隨樂起舞，停駐圍觀的人都聽得津津有味，還看到好幾個小孩子代表身後大人近前買他們的CD。我一直很好奇，這樣的銷售方法，效果好嗎？或者他們更亟欲傳達的是分享音樂的喜悅，至於銷量反而是次要的吧！

在地鐵裡「賺錢」的，當然不只上述這些表演者，還有更多是屬於「直接要錢」的。尤其是經濟危機以來，直接伸手要錢，求助於一般大眾的人，也愈來愈多。從二十幾歲找不到工作的年輕人，到中年失業斷炊無家可歸的流浪漢流浪女都有。大部分都還會穿著整齊，先跟大家問好，對自己打擾眾人清靜抱歉一下，然後至少說上幾句，把自己為何流落到來向大家告急的緣故說明說明。我發現，巴黎人對那種就是要錢，也不說清楚原因的人常常不屑一顧，有的人衣衫不整，把個要錢小杯硬是遞到人家鼻尖，一副眾人皆欠他三百萬的無賴樣，總是適得其反，沒幾個人會正眼瞧他，也通常沒人會掏出錢來。至於那種在地上爬，或是喊哭喪調，裝殘廢裝可憐的，更是眾人紛紛避之唯恐不及。反而是那種衣裝整齊，一上車便誠懇訴說，要不是自己正在兩個工作之間奮鬥，或是單親媽媽需要奶粉錢餵飽小孩，或者中年遭解雇婚變流落街頭急需今晚的旅館費，或乾脆承認自己感染愛滋又遭資遣需要救援，這樣清楚明白的解釋，加上一點故事背景，最能贏得大多數人的同情心，不但主動慷慨解囊，有的還會問詢細節，看是否能幫上更多忙。最受歡迎的還數要錢要到類似脫口秀表演的，一上車便嗓音洪亮抑揚頓挫，批評時政嘲諷社經百態，加上幽默風趣的口吻，有滋有味的句式語法，聲聲字字說到人心坎，讓人恍如身處一人獨秀（One man show），哇，大家簡直像買票出場似，大大方方給予掌聲微笑與銅板，毫不吝嗇。總結看來，巴黎人欣賞的是有尊嚴、有故事、有背景的資助，一種同志般的互助團結，而非卑微的乞憐討賞。要從巴黎人口袋裡擠出錢來，還得讓他們打心底欣賞、同理、同情，心甘情願，這也算是巴黎人有個性的一面吧！

另外有一種人，他們拿著互助社團贊助的小雜誌小手冊，也許是「巴黎地鐵名的由來」，或「巴黎便宜好餐廳」，公開向地鐵客販賣，假如一本五歐元的話，可能成本只有一．五歐元，其他等於是賣者自賺。通常這些人也都會聲明，假如不想買，那贊助他們一些銅板零錢或餐票，也很歡迎。說白一點，這些人不甘願成為伸手要錢一族，便勞動做小買賣，也算是保住尊嚴了。通常，巴黎人還真的會買下這些小手冊，助人又拿到一件小讀物，也不壞啊！

從地鐵裡發生的眾聲百態，以及眾生相遇時激盪出的火花，也稍稍能刻畫出巴黎人的樣貌來。巴黎人欣賞生活再困苦也能有尊嚴地力爭上游，以微笑努力突破難關的人，而不論環境如何變遷、經濟情況再差，有實力的藝術文化表演永遠是他們的最愛。讓藝術與每日生活緊密相接，在困難中努力尋找出路，這不也正是他們自己的生活寫照嗎？他們平時也許冷漠、沉默、孤立，可是只消一點小小的藝術氣息、微不足道的幽默、誠懇感人的故事，便能讓他們毫不猶豫開啟交流、綻放滿足的笑靨，其實巴黎人也是相當單純可愛的，不是嗎？

經過這麼多年的地鐵生活，我也赫然發現自己對地下百態的觀感，已經跟巴黎人如出一轍。十七年的地上地下跋涉奔波，早將我蛻變成不折不扣的巴黎人。

下次搭地鐵時，若想分辨坐你身旁的究竟是不是道地巴黎人，仔細觀察他的表情和舉動吧，假如符合上述的地鐵圖像，他十之八九就是巴黎人！

二〇一三年四月於巴黎

光鮮巴黎醜陋的陰暗面：

巴黎地鐵群像（二）

08

巴黎地鐵是巴黎人倚賴的重要交通工具，除了快捷方便，因為使用者眾多造成的擁擠、不適、衝突，卻成了必要之惡，從早到晚層出不窮的地鐵醜陋形象，也就變成巴黎人非接受不可的「習慣」。

進入巴黎的地鐵網絡，乘客最怕的應該就是聽到廣播吧，尤其是站務員的直接廣播，百分之八十都是麻煩的徵兆。還有，現在的地鐵站多數都設有電視螢幕，刊登各線的即時狀況，假如看到黃色底的螢幕，大家就會很緊張地盯住仔細閱讀上面訊息，因為那表示地鐵又出問題了！地鐵系統其實相當脆弱，只要一條路線的某個環節出了問題，可能某個路段或甚至整條線，都只有停駛癱瘓。除了號誌、車況等技術面的問題外，更常見的卻是人為造成的影響。可疑棄置物品、疑似爆炸物，是曾經發生過爆炸案的巴黎地鐵最大隱憂，曾經的死傷慘重，更讓警察和地鐵局寧可虛驚不斷，也不能等閒視之。假如因這樣的緣故而關閉某站或某條線，那從通報、封鎖現場到防爆人員全副武裝駕到，小心翼翼引爆，排除危險，可以長達兩三個小時，影響波及的乘客不知凡幾。但是大家碎碎念抱怨之餘，也不敢多說什麼，畢竟遲到或一時不方便，都比在地鐵裡被炸得手腳分屍好吧？

另外一種人為造成的影響，可能是乘客突然生病不適，需要急救人員協助之類，只要有人拉下警鈴，通常駕駛會因此而停駛，等待救援人員來到，不過整條線就會因此而暫停十到十五分鐘，其他困在線上進退不得的乘客，也只能耐心等候。最糟的是聽到 incident voyageur 這樣的字眼，有經驗的巴黎人會告訴你：「這八成又是有人跳軌自殺了！」不知道為什麼會有人選擇這麼樣激烈而血腥的自殺方式，當然也曾傳出遭人推落月台的謀殺手段，但是在眾人面前跳下月台，地鐵駕駛煞車不及輾斃的血腥場面，不但讓可憐的目擊者噩夢連連，也常令無辜的駕駛背負久久的罪惡感。為了搶救和清理現場，更會癱瘓整條線至少半天！所以當巴黎人聽到這樣的廣播，他們會很迅速地轉搭替代路線，然後一邊感嘆：生活不易，想不開的人愈發多了！為了避免這樣的憾事一再上演，巴黎地鐵局也從幾年前開始在月台上加裝隔離玻璃門，讓月台上等候的乘客與鐵軌間多一層保護，也避免乘客因擁擠掉落月台。目前除了首先完全自動化的全新十四號線外，觀光大線一號線也剛剛完成全線加裝隔離玻璃門與自動駕駛的大工程，另外最擁擠的十三號線也在人潮最多最危險的幾個大站加裝了隔離玻璃門。

不過，最令人無可奈何的還是罷工罷駛吧，駕駛罷工當然是行使他們的社會權利，但是可憐的使用者還是得趕著去上班上學辦事啊，怎麼辦？只有各顯神通找辦

1. 為防止憾事發生，巴黎地鐵局也開始在月台上加裝玻璃門。
2. 看似平靜的巴黎地鐵站，其實地下世界波濤洶湧。

法，看誰運氣比較好，法力比較強大囉！這時候，只有住在自動駕駛系統的一號或十四號線上的人，可以不必看罷工駕駛員的臉色。

巴黎地鐵龍蛇雜處，包羅萬象，看得到彬彬有禮讓座的情節，自然也不乏火爆激烈、驚心動魄的場面。生活緊張壓力沉重的巴黎人，走在路上便以表情冷漠聞名，最糟的是大家都欠缺耐心，常常張滿一身刺等著迎戰陌生人的入侵，所有肢體碰觸都成了侵犯，所有言語交通不經意便惹來怒目惡言。不小心手肘或包包碰到誰，就算道歉，白眼和辱罵照樣當頭灑下，所有粗心的巴黎人應該都遭遇過這種莫名其妙的對待，碰上了也只能摸摸鼻子自認倒楣。運氣再差一點的，可能遇上醉漢或神經病，脾氣不好的可能雙方當場對罵，甚至大打出手。在巴黎不知看過多少回這種爭吵的畫面，很難理解大家的火氣為什麼都那麼大。比較可怕的一回，突然從座位後的人群中傳來愈來愈大聲激烈的叫罵，男人帶著北非口音，十分粗暴的口吻，卻聽不見回應，完全不能了解到底發生了什麼事。從男人使用的字眼中可以聽出對方是位女性，那就更令人不解了，一位女乘客，能對他做出什麼，讓他暴怒至此，況且人家根本從頭到尾沒有回嘴的意思。當大家開始覺得可能又是個喝醉酒發酒瘋的醉漢在胡言亂語時，這個男人竟然伸出要脅的拳頭了，似乎女子遭受莫名其妙的暴力威脅，在危險關鍵的一刻，另一個強悍女子的聲音出現了，隔著人群我看不到事情發展，卻經由強悍女子的話語，讓我彷彿看到她護著受威脅的女子，挺立在男人面前，阻止了他的拳頭，並把那男人狠狠罵了一頓，還把他轟下車廂去了。這簡直是太精采了，可是竟然沒聽到別的乘客挺身相助的聲音？或許是一切都發生得太快，沒有人搞清楚狀況，私人恩怨還是普通爭執，誰曉得幾秒鐘內竟然演變成公眾暴力威脅事件！大家都還呆立在車廂裡，目瞪口呆。幸好還有見義勇為的強悍女子。等暴力男人下車後，地鐵開動，強悍女子終於忍不住了，她開口大聲數落所有周圍的乘客：「到底是怎麼回事，滿車的人看著一個神經病威脅別人，卻沒有人說句話，沒有人插手，難道要等到那個人真的出手打人嗎？竟然只有我一個女子出面相救，這個社會是怎麼了？大家都沒有同情心了嗎？」車廂裡沉靜一片，我想大家都無法不承認她的指責實在一針見血，只是在周圍見證的人為什麼都沒有人插手呢？是因為害怕？冷漠？還沒搞清狀況不敢輕舉妄動？或是根本事不關己，何必惹事，鴕鳥心態呢？

不禁回想起幾年前自己在地鐵車廂內親身的經歷。晚上十點多，不算太晚，坐的是一號觀光大線，隨時都有許多乘客，沒有什麼好擔心的。我上車時車上坐滿了約四分之三左右的人，一號線是那種「一條通」式車型，車廂間可以互通行走無礙，因此也能看到前後車廂的狀況。那天在月台上接了通電話，所以上車時還沒結束我們的中文對話，隨便找了個空位就坐下來。交談結束，我把手機放入包包，正要把書拿出來讀，忽然對面坐著一臉鬍子的男人，口中念念有辭站起來，以他搖晃的身形，看來應該是喝醉了，但是在那麼多人的一號線上，我也不以為意，他也許想要走走換個座位坐吧？說時遲那時快，這醉漢忽然竄到我面前，十分粗魯地硬抓住我的手臂，開始醉言醉語起來，口齒不清的句子中只解讀得出「中國人」這樣的字眼，我的手臂被他抓痛了，非常大聲地對他大吼起來：「放開我！給我滾！」兇狠瞪著他，隨時準備跟他動手拚命。我超大的音量肯定兩個車廂的人都聽見了，眼前的醉漢也讓我嚇到，趕緊放開手，自討沒趣地坐到近旁的位子上。在乘客還那麼多的一號線上，我沒有太多的害怕，驚訝的是身邊目睹的人起碼有二、三十個，卻沒有人出手阻止？經過了約莫兩分鐘，我坐在那裡，不能相信巴黎人可以無動於衷至此，我不怕意識不清的醉漢，卻對毫無動靜的巴黎人膽寒。這時才終於走來兩個年輕小夥子，開始跟醉漢不知溝通什麼，說好說歹總算在下一站把他給趕下車。巴黎總算還有熱心助人的人。從這件事以後，我的感想是：在巴黎街頭，不管再熱鬧，受到任何攻擊或暴力脅迫，不要期望有人會前來搭救，只有自己才能真正保護自己，面對危險，千萬不能示弱，只有自己的氣勢與強悍能逼退要脅，化解危險。

同樣屬於巴黎大眾交通系統之一的市公車，也同樣扮演著補足地鐵網絡的重要角色，儘管平時搭慣了地鐵，偶爾也會乘坐公車，看看不一樣的風景，不過人情百態的姿色，與地底下相比，絲毫不遜色。地鐵尖峰時段，人擠人，小小的公車裡更慘，站不穩、擠不下車，都是常有的事。有天工作完，下午時分，不是塞車時段，便去搭段公車，料想應該比地鐵感覺悠閒清靜。沒想到，才上車沒多久，就聽到車子中段爭吵起來，聲量一句大過一句，好像怕壓不過對方就示弱了，待我彎身朝走道看去，才發現竟是一男一女不知何故爭執，黑人年輕女孩身形嬌小，卻凶悍無比，幾句下來，已經作勢踢出一腿，那男的差點也要撲上去，幸好旁邊有位健壯的黑人男子，矯健地擋在兩人之間，拉開女孩，否則一場混戰可期。坐在身旁身後還沒搞清楚狀況的，也在熱心觀眾的大意提點下，稍稍跟上事情發生的始末，公車司機此時應也意識到情況嚴重，乾脆把車停在路邊不走了。有些不耐煩的乘客，居然已經在旁碎碎念叨：「要吵下車去吵，別人還有事要做，害大家堵在路上，走不得，是什麼意思？」一副完全置身事外的都會人嘴臉，讓人背脊發涼。不到兩分鐘，警察騎著重型機車趕到現場，接著，另輛警車也趕到，原來司機先生已經通知了警方前來處理，這下子全車的人才鬆了一口氣，爭吵的男女下了車，連擋架的男子也一併請下車解釋情況。亂象解除，司機才重新啟動揚長而去。身旁熱心的觀眾繼續報導之前目擊的連續劇，不耐煩的都會人則又冷若冰霜地把剛才的論調重申一遍。我只能不可置信地沉默，不懂為什麼以文化自傲的巴黎人，竟然淪落成今天這副不堪的粗鄙形象。巴黎人真的生病了，這個社會什麼時候開始變得如此躁動不安，粗暴自私？

坐地鐵還有一怕，碰上騷擾。騷擾不若衝突那般顯而易見，多半不敢太聲張招搖，一般人很難看出，更難插手，當事人也比較難求援。騷擾還分成肢體上的性騷擾，以及言語上的騷擾。其實只要置身地鐵國度，無論男女，不管種族，都有可能碰上騷擾，連我那法國老公都曾經在地鐵中遭遇過。但是如果身為女性，又是外國人的長相，在巴黎地鐵遭受騷擾的比例，還是大過一般人。大家都聽說過清晨的郊區列車上，常常出沒的暴露狂，他們多半是隻身一人上車，然後挑單身女子的身旁坐下，便大大方方掏出性物玩弄起來，大清早遇見這樣的場景，任誰見了都要嚇一跳吧！另外就是地鐵車廂中最常見的鹹豬手，對貌似強悍的巴黎女人，這些人自然不敢大意下手，否則應該很容易被當眾賞巴掌吧！通常，當我也帶著巴黎制式的冷漠表情，穿著上班服裝，一看就是巴黎女人的樣子時，比較不會有人找我麻煩。僅有的一回性騷擾經驗，當然就是因為看起來太像遊客吧！那是個天氣炎熱的夏日，穿著短裙涼鞋的我，悠閒從容，跟上班族已經不大一樣了，那天又不知為什麼身處平日少去的拉丁區，還因為看到打折而興沖沖買了一提袋的東西，搭上地鐵時應該跟那些亞洲觀光客一模一樣。恰好車廂有點擠，也沒位子坐，便站在門邊。漸漸感到有些奇怪，明明沒擠到身體貼著人的地步，卻覺得臀部碰到了什麼不明東西。左看右看卻沒發現什麼。後來終於確定是有不明來處的手在偷摸，卻因為人多也不知手從何處來。正要發作時車子已到該下的站，只好快快下車，那個人竟然膽敢尾隨我下車，還在我耳邊拋下句：「很享受吧？」這下子我可直指禍源了，當然立刻尖聲大罵，再追著那人的身後補上一拳，那人當然是一溜煙快速逃走了，他應該沒想到這個外國女孩不但聽得懂法文，而且竟然真的給他一拳吧。怒氣沖天的我，也來不及看清他的臉，給他一巴掌，如果不是因為顧慮犯法，人命關天，用力把他推下月台給他個教訓這樣的念頭，還當真閃過我的腦海，只差沒真的動手。

另外一次，也跟我是外國人有關。因為只是去上舞蹈課，輕裝便服就出門，連妝都只隨便上兩筆，好，可能看來真的比實際年齡幼稚非常多。上了地鐵，下班時間，又是觀光大線，人潮挺多。沒有空位，我就乖乖站著。身旁也站著幾個青少年，好像正互開玩笑，我也不以為意，只是小朋友嘛。沒想到小朋友竟然對著我開口了，只聽見夾雜「中國人……」字眼的挑釁句式，然後還想伸手朝我的頭揮去。我往後退一步閃過那手，心想：有沒有搞錯，老娘比你大起碼二十幾歲，都可以當你媽了，你膽敢太歲娘娘頭上動土，以為我是不敢還嘴的青少女啊！當下我板起臉，馬上劈頭教訓了他們幾句，連小小年紀不學好這樣的句子都念出來了，他們手縮回去了，卻依舊嘻皮笑臉，繼續含混的句式，其實就是看外國人好欺負吧，這下子連旁邊坐著的一位巴黎女士都看不下去了，厲聲附和起我，叫他們閉嘴，少在那邊丟人現眼，小混混一行三人才放棄，剛好車進站便跳下車走了。這樣的騷擾，也算是常見的種族歧視行為吧，畢竟類似的騷擾，在友人口耳間可是常常流傳。還有一回是在地鐵裡接完電話，手裡還拿著手機，坐在走道另邊座位上的青少年，竟然手伸過來，作勢要搶走我的手機，我馬上機警地把手機放回包包，又把那小子凶了幾句。可是三番兩次遇到這種騷擾行為，真的只能感嘆，難道普通的亞洲女孩子看來都太好欺負太容易顯露害怕了嗎，以至於這些小混混專門愛找亞洲女孩挑釁？

地鐵裡扒手多，更甚者還搶劫，也早已不算新聞。專門針對國外觀光客下手的東歐吉普賽人集團，可說是聞名遐邇，許多來玩的朋友坐上車、走入地鐵區，十分好奇，東張西望，就是忘了要護好皮夾包包，亞洲觀光客習慣帶大筆現金在身上又令偷兒更加覬覦，結果馬上成了犧牲品。他們慣用的伎倆有人海戰術近身包圍法，把受害者圈圍孤立後下手；也常聲東擊西，其中一人佯裝問時間，同夥卻從另一邊趁虛而入，偷個神不知鬼不覺；還有乾脆在地鐵車廂門即將關上前一秒搶奪，然後馬上躍出車廂，門閉，受害者要追逐也力有未逮了。最近幾年，台灣護照免簽證的國家大為增多，台灣觀光客的護照也成了特定集團的下手目標之一。

另一種近年來最常遭偷搶的物件便屬手機了，但凡最新最潮最炫的新機種，最好不要在地鐵這樣危險的地方露出馬腳，否則馬上被鎖定，不消幾秒，心愛手機便落入竊賊手中，你也許永遠也不明白這些慣犯究竟是怎麼樣從你層層包藏的袋子裡拿走手機的。連在巴黎已經住了二十年的老巴黎，都不免落入陷阱，一而再再而三聽到手機遭竊的消息，真要感嘆偷兒的神力了。最糟的是，除了偷，還有當場使用暴力伸手搶走的，這些受害者以放在口袋裡聽音樂的，或拿在手裡打遊戲的居多，所以在巴黎搭地鐵，真的不能掉以輕心，如果事業沒大到非當指觸平板手機族，那還是選台有點舊、不太炫、機齡至少兩年的機種吧，沒有誰有興趣多看兩眼，那在地鐵裡怎麼玩怎麼打，都大可放心沒有危險了。

那麼，充滿地鐵「征戰」經驗……哦，不，地鐵「搭乘」經驗的老巴黎，都怎麼坐地鐵呢？該以什麼樣的姿態、表情和舉止，才能有效避免地鐵裡的種種不快呢？首先，最好練就一身眼觀四面耳聽八方的敏銳能力，卻冷靜不顯露，不隨便好奇，不輕易驚慌，看到老人身障者孕婦，多微笑讓坐，賦予地鐵一些清新氣象固然很好，但也不需要傻好人太熱心，搞清狀況再行動，先保護好自己，行有餘力才想到幫助他人，包包隨時緊抱，手機錢財絕不暴露，穿好疲累的上班族行裝，表情制式沉默，腦袋裡總是備妥準備應戰暴力、罵人或求助的話語，面對他人不滿或白眼，要能視而不見，寬容大量，這樣子差不多能成功避開八成的動亂了。最後，只有在出門前祈求天神保佑，在你搭地鐵時不要遇到技術問題、零件故障、氣候極端造成意外，不要剛好有人跳軌，沒有恐怖分子放可疑炸彈，當天沒有無預警的罷工，沒人在你搭的那條線上生病不適。假如某天你搭乘地鐵，來回順利無誤，不但準時還早到，千萬不要忘記感謝上天保佑，那絕對是天時地利人和完美搭配的少見福報。

二〇一三年七月於巴黎

地鐵停駛、故障、罷工時……：

巴黎地鐵群像（三）

09

處處仰賴巴黎地鐵及RER快捷郊區鐵路系統的市民，最怕聽到的就是地鐵或RER因事故停駛、發生故障的消息，特別是尖峰時段，原本就很擁擠的搭乘狀況，往往會因一點點的遲延，小小的耽擱，而造成調度大亂，月台、車站完全失控的慘狀。如果地鐵局或鐵路局發布罷工的訊息，那更是哀鴻遍野。地鐵員工有權利罷工，爭取他們的福利，問題是升斗小民怎麼辦？平民百姓就不需要上班工作了嗎？沒有交通工具，怎麼抵達工作地點呢？

地鐵局或鐵路局要罷工前，理論上會先預告大眾，讓大家有心理準備，至於實際上大眾該怎麼應變，那只有靠大家自己發揮想像力創造力，各顯神通了。通常，罷工以一天為起始，有時候短短一天便結束，有時候會隔幾天再來一次，最糟的是那種開放式罷工，只宣布起始日期，至於何時結束呢？那就要看政府如何回應工會的要求，如果兩邊都態度強硬，罷工絕對持續，那火就只有燒到隔岸觀火的平民百姓身上了。一九六八年社運風潮後最嚴重的罷工，發生在一九九五年，從十一月下旬至十二月中旬，由於對當時的健保、退休制度改革不滿，整整三星期，巴黎地區交通大停擺。那時事件大到鬧上國際新聞，居民只好想盡辦法汽車共乘，買腳踏車騎（聽說各家商店的自行車都賣到缺貨），甚至還多出沿著塞納河搭船進入市區的服務。當時還在台灣準備留法前各式申請事宜的我，看到新聞，自然也嚇了一跳，記得那時父親問我：「這個國家因為罷工就社會大亂，這樣你還要去嗎？」我當時還很老神在在的回答：「如果這麼大規模的罷工現在發生了，表示接下來就不會再有那麼恐怖的事件了。」根據機率原則來看，應該是沒錯，事實上自我抵法之後，也真的沒有再發生過持續三星期的超級大罷工，但是各式各樣接二連三的罷工，從來沒有少過。想在法國安居樂業，第一件要以「平常心」看待的非「罷工」莫屬！如果不能與「罷工」和平共處，找出應變之道，那還是趁早移居他國吧！

我來法後遇到最大規模的一次地鐵罷工發生在一九九九年，那次也是持續了好多天，頭一兩日員工可以請假來避開問題，但是持續多日時就沒法再繼續請假，而得硬著頭皮面對問題了。那次罷工，碰到上課時間，教授把課取消也就沒事。自己教的中文課，也好商量，跟學生把課延後，或是學生主動把課取消，老師學生都樂得輕鬆，不必面對交通往返問題。最麻煩的是當時的半職工作，那是沒辦法不去的。好心的有車同事，答應順道載幾個住在附近的同事一起前往辦公室，因為預料會塞車，就約早一點，跟我約的是早上八點二十分。原本心想，太好了，有便車可搭，不必愁了。沒想到當天一早，電話來了，同事塞車在路上，整個巴黎市區幾乎動彈不得，他八點二十分一定到不了我家，辦公室那裡也不知會遲到多久。這樣看來，除了自己想辦法一途，別無他法。想了半天，也沒別的方法，就採取最原始的交通方式「走路」吧。穿上好走的平底鞋，天氣也很晴朗，帶上一瓶水，出發了！發現路上同行的路人挺多，哈，大家都不約而同，腳踏車不少，還有人使用trotinette（滑板車），或乾脆換上直排滑輪鞋的，簡直像開全民運動會一樣。大路上車子以龜速前進，喇叭聲不絕於耳，我只好專挑小巷鑽，比較清靜，空氣也清新一點。走到塞納河邊時眼前一亮，視野終於開闊起來，白雲藍天，巴黎的歷史建築景觀讓氣氛也愉悅了起來，這一趟因罷工而不得不為的步行，雖遠卻也染上了出遊般的好心情。身體開始出汗，腳有些痠，不過比起塞在車陣裡生氣，還是自己動腳走愉快多多！好不容易抵達上班地點，汗流浹背，有些疲累，卻是運動後帶點神清氣爽的累，九點半多近十時，已過了上班時間，辦公室卻還空蕩蕩，沒幾個人到，共乘汽車的都還在路上，走路步行的反而先到了。發覺自己腳力還不錯呢！搭汽車的同事都要到十點以後才陸陸續續抵達，發現走路的都早到，似乎有點算計錯誤的懊惱，但也不確定自己是否有能耐去走一小時以上。

巴黎市設置Vélib’自由租借腳踏車制度後，最額手稱慶的其實是飽受地鐵罷工、故障之苦的小市民。我那時只滿心想著：以後要是地鐵罷工，就有單車可騎啦！於是馬上去辦了Vélib’的年卡。後來才發現，事實也不盡然那麼美好。小規模的故障、停駛或零星的罷工時，大概還找得到可用的腳踏車，及時改換別的線路或是乾脆騎到目的地。然而大規模罷工時，就沒那麼順利了。熱門人多的鬧區，常常找不到一輛可騎的車，即使連走多站尋找，也只能望著空空的自行車站興嘆。好不容易有人還車，都得快狠準用搶的。興高采烈得來的車騎到住宅區，這下糟了，附近全部的自行車站都客滿，大家都在差不多的住宅區還車，於是根本找不到位置還。只得又在近旁轉來轉去，找停車位。那時就後悔為什麼不乾脆走路算了。

有一年擔任商展翻譯，展場遠在機場旁的Villepinte，唯一的交通工具RER B線又大罷工，地鐵也罷工，眼看沒別的辦法，只好每天去趕旅行社提供給展商的接送巴士，跟著展商一塊兒披星戴月，早出晚歸，就算日日塞車，總是到得了。問題是從家門口到展商落腳的旅館，沒有地鐵坐怎麼辦？好，來騎Vélib’。家附近因為時候尚早，取車沒問題，結果到了旅館附近，找了許多站，竟然都無法停車，折騰了二十分鐘，急得像熱鍋上的螞蟻，後來才發現隔了幾條街就在巴士暫停的路旁，那裡已近住宅區，所以空位一大堆，跟適才的客滿景觀相比，實在很難想像相距兩

除了公車和地面電車，租借腳踏車和共享汽車也是一種交通選擇。

百公尺處已是另種樣貌。後來幾天有了經驗，也就知道該到哪兒取車、停車最省時方便。然後再坐接送巴士搖晃五十分鐘以上，半夢半醒去工作。

商展期間，因為使用者眾多，鐵路局特別喜歡罷工引人注意，沒有罷工時卻又常常機械出問題。有一年又任翻譯，回家時分，搭上六點多的火車，結果全線因為故障，幾乎無法行進，走一站至少停個二十分鐘，既沒有廣播說明，也沒有人知道究竟出了什麼事，總之一群人擠壓在狹窄的車廂裡，連呼吸都變得困難。身邊已經有受不了而臉色蒼白行將昏倒的女士，幸好有人趕緊扶住她讓了座，還好我上車動作快，有位子坐，若是站著恐怕也受不了了。但也完全無法集中精神，便暈沉沉靠窗打起瞌睡來，沒想到一覺醒來，怎麼才只前進了兩站！整車人卡在鐵路線上，動彈不得，後面來車想必也是一樣。旁邊講著西班牙語的四個男業務，剛開始聊天，後來接著玩手機上的問答遊戲，玩到最後連問題都問畢玩不下去了，大家也意興闌珊，我們還卡在路上，沒辦法前進也無法下車。等到終於開進巴黎北站，天啊，已經八點半，原本三十分鐘的路程竟然拖延了五倍，坐成了兩個多小時！大家像得救似地紛紛衝下車，大大吐了一口氣，如自噩夢中醒轉，恍如隔世了。

最近幾年，在之前當政的右派施壓下，將「最低限度服務」（Service

Minimum）的觀念推展開來，亦即公務員及與大眾運輸有關的員工雖有罷工權，但也必須顧及一般百姓的使用權，就算是罷工，也不能全面停駛，必須要提供「最低限度服務」，譬如在尖峰時段仍提供三分之一的列車行駛服務，或者罷工時某些路線仍舊行駛。一般大眾不致成為罷工的犧牲品，用意當然也受到大多數人的歡迎，只不過，真正實行起來，乘客仍然苦不堪言。以巴黎地鐵來說，近年朝無人駕駛的車廂發展，但為了不讓駕駛員反彈，還有安全上的考量，剛開始也只有最新的十四號線使用無人駕駛的全自動車廂。每到罷工時節，住在沿線的居民該是最快樂的，因為機器不會罷工，他們的每日通勤受到的影響最少。這兩年，觀光大線一號也全線施工加裝安全門，成功改換成無人駕駛的全自動車廂，使人為罷工的影響減到最少，也降低跳軌或意外掉落鐵軌的危險。但是當別的線都罷工之時，僅存行駛的路線，卻也往往人擠人大爆滿，乘客多到擠不上車，即使擠上車也動彈不得，連轉身或呼吸都有困難。

有一回，為了出門工作，我拚命擠上了一節車廂，車裡站了比平常多三倍的人，由於是非常情況，大家也都很配合地讓月台上的人盡量擠上，不過真的無法動彈，突然有個小姐非常禮貌地請身旁的一位男士幫忙，原來是她的圍巾遭人群牽夾，勒緊了她的脖子，而她連抬起手臂撥開的空間都沒有，只好求助身旁的人解圍。大家目睹這一幕都不由得笑了。巴黎人平時的自私自利因為共同面臨困境，而轉化成互助的善意，真的十分難得。緊接著就有幾個人打趣開玩笑自嘲，讓緊繃的氣氛一下舒緩，全車的人都笑了，算是在巴黎鮮少看到的溫馨熱絡場面。這算是運氣好的時候。運氣差時，就真的是即使硬擠也擠不到門邊，那也只有認命多等幾班車，要不就乾脆放棄。

有時候，地鐵和RER因為技術問題，無預警停駛，那才是最慘烈的情況，譬如號誌燈故障，又如大雪使機械停擺，也聽過因為暴風雨吹倒樹木使RER被迫停駛的，最氣人的原因是有人在鐵軌上行走只好暫停。總之，每次這樣的情況發生，一定是全線大亂，所有人都在月台上張望，不知該再耐心等幾分鐘好，還是早早換別的路線做別的打算為上。也可能因為某條線出問題，其他的代替路線因為一下子湧進一堆人，而負荷不了乘載的，連門都關不了，只好停駛一陣子。如果是中文的一對一教學課，碰到這種情況，學生大部分都會很體諒勸我乾脆把課取消，否則我也許到得了上課地點，卻回不了家。這時候或許只能慶幸我的工作有某種彈性吧。（但是當然，不上課就沒錢賺，這也是必然的結果。）但如果是團體課，由於很難臨時通知所有學生，身為老師沒有蹺課的權利，我騎腳踏車、走路也會趕去，只不過那時班上學生寥寥無幾，大部分學生因為交通困難，便會乾脆自動放假，省得自找麻煩，老師也只能苦笑，僅做做複習，不敢有太多進度，畢竟是地鐵火車出問題，不是學生的錯啊！這讓我想起有一年，在郊區的中文學校教課，早上因為還有四分之一的RER行駛，所以勉強到了學校，上了一天的課下來，發現晚間的RER已全面停駛，這下糟了，離巴黎四段區那麼遠的地方，根本不知怎麼回家，路上又因此而大塞車，連向有車的朋友求救都不可得。那次只好留在校長家吃晚飯，跟她的孩子看了整晚電視，到了十一點路上不塞車了，才請住在附近的好友開車把我載回家，所以呀，想在巴黎安居，自己沒車平時也很方便，但最好能認識有車的朋友以備不時之需！這也是為什麼購屋買房時，寧可住小一點醜一點的公寓，我也不願離開小巴黎市區，至少，罷工時、地鐵出問題時，我還可以想盡辦法在市區內移動，假如住在郊區，交通線路變少，里程變遠，能選擇替代的方案就相對有限，一旦大眾交通系統出問題，叫天天不應，求地地不靈，真的是孤立無援。曾經住過郊區嘗過這種苦頭後，就決心絕不再在居住地這點上妥協，尤其對工作地點經常變換的我來說，交通方便實在是首要考量啊。

最近幾年，巴黎地鐵的服務似乎比以前長進多多，除了推行自動駕駛、裝置安全隔門、改善車站照明、換購現代化車廂等硬體上的加強之外，星期五、六也延長服務時間一小時，看表演、參加晚會的夜貓子直到夜裡一點多都有車可搭回家，真的方便許多。遇到特殊日子如音樂節、跨年夜，則整夜開放某些大線，讓晚歸的人潮也有便利的交通工具可倚賴，讓居民都有耳目一新的感受。最令人驚喜的是司機現在也比以前重視與乘客的溝通了，如今地鐵暫停等待或是發生狀況，司機多半會以車上廣播告知乘客原因，讓大家安心，有時還附送幾個笑話，讓乘客彼此相視而笑，有一回乘客熱烈到紛紛特別經過駕駛廂稱讚司機，簡直令人絕倒。巴黎地鐵還是有溫情和善幽默的一面。

至於下回搭地鐵會碰上什麼狀況呢？是欲哭無淚、哭笑不得、笑中帶淚還是暢笑開懷，誰都無法預知，一切都是運氣。每天的地鐵旅程，都是嶄新充滿未知的冒險，人事百態，無奇不有。也許，這才是巴黎人深深依賴地鐵系統無法自拔的最潛在理由：地鐵編織了巴黎人的生活，也道盡，人生。地鐵人生。

二〇一三年十一月

→ 不愛走路的人，千萬不要來巴黎

10

在巴黎住久了，現在每一次回台灣，對台灣朋友的不擅走路，不喜歡走路，不常走路，都感到相當訝異，有時候即使只有十分鐘腳程，朋友也懶得行走，非要搭車不可，這對在巴黎早四處走慣了的我，簡直是不可置信之事。記得有一回，一位台灣的歌星來巴黎拍音樂MV，幫忙工作人員翻譯的我，有天早上受命帶著助手去幫明星找外帶咖啡。巴黎不是台北，沒有五步一家的便利超商，那時也還沒有美國來的Starbucks連鎖店。一般人家裡和辦公室裡，都備有基本的咖啡機，要在咖啡館享用，只要願意走，也不難找到小巧的街角咖啡館。這裡一般人喝的都是很小杯的義式濃縮咖啡Expresso（那種只要五秒鐘，頂多兩口就喝完的大小），根本沒有人會從咖啡館外帶咖啡的。明星要助手找外帶咖啡？這可難倒我了，哪裡可以外帶啊？也許麥當勞有，於是馬上提議，只不過要走個十到十五分鐘。我暗忖，這種距離也不算太遠吧。結果，才帶著助手走到一半，她就受不了了，看到街角就有一家小咖啡廳，便叫我去問問能不能外帶。好心的老闆雖然從來沒見過有人外帶，還是很好心地幫我們把咖啡裝進那種廉價的軟白塑膠杯裡，讓我們帶走。助手看著連杯蓋都沒有的咖啡，一臉鄙夷為難樣，根本不想走回去，要我叫計程車，我只好明白跟她說不可能，先不說價錢貴吧，巴黎可不像台北那樣計程車滿街跑，要在路上攔車幾乎是不可能，只能走到招呼站或打電話叫車，叫車等車的時間，大概都可以走來回了吧，況且，巴黎計程車有最低里程價的，這種距離沒有人要載的啦。她只好邊拖著腳步邊抱怨：「在台北這麼長的距離，沒有人走的啦！」什麼？「這麼長的距離」？十分鐘不到的腳程？我看著她，完全不可置信，在巴黎，出了地鐵，走「這麼長的距離」到目的地，那可是天天上演的事！

好，台灣的明星不走路，明星的工作人員不走路，那麼平常人呢？似乎台灣的朋友都不太習慣走路，只要稍微長一點的距離，就喊累喊腳痠，完全一副要命的樣子。怎麼會這樣呢？我試著分析：台灣天氣濕熱，一走路就流汗，以至於大家視走路為畏途，能不動就不動。城市裡，公車的站距通常很短。台灣人喜歡以車代步，機車隨處容易停放，造成如今機車數量氾濫；汽車停車位難找，大家又懶得走，便造成處處雙排停車，阻礙交通。出遊的旅行團行程，也多半必須以遊覽車載送到景點處，大家只對下車照相、上廁所、買紀念品有興趣，要多走幾步路的地方，馬上打退堂鼓。不只是老人、小孩抱怨走路，尤其是身腳皆健康的成人，明明每天坐辦公桌，最需要運動消耗熱能減重的族群，卻依舊不願在日常生活中多邁幾步。台灣人究竟怎麼了？為什麼大家都染上怕走路症候群了呢？

對那些想來法國旅行遊玩的台灣友人，我只得拉下臉，醜話說在前頭：「如果要花大筆銀子來法國旅行，卻不願走路的話，根本不必玩，要來就要有耐長走的駱駝能耐，耐餓耐渴耐走耐累，不然就不要來。」

這些事前警告，當然不是無的放矢，跟台灣的便利相比，這裡即使在大城市，對台灣人來說，都有若荒漠。在台灣，公共廁所到處都是，舉凡觀光景點、車站、百貨公司、商家、公園，非常容易找到方便之所。來到法國，可沒那麼方便了，除了正式的餐廳、咖啡館、博物館提供給客人洗手間外，也就是付費者才有服務，其他的公共場所通常沒有提供服務，或者只能付出高昂的「清潔費」才能使用。巴黎在市區目前也設置了一些「機械性自動廁所」，每人投幣後門會自動打開，可使用十五分鐘，時間到就會自動開門清洗，但是設置點不定，偶爾成為吸毒者的臨時施打處所，也讓一般人盡量避免使用。在法國，也沒有便利超商或攤販，讓人想買飲料或吃食，隨處都有，在這裡最好自備飲水、零嘴，否則正餐時間外餓了渴了，可不是那麼容易能找到便宜補給的。即連首都巴黎，地鐵站或公車站的間距通常也不會太短，地鐵不同路線間轉乘也得上上下下，電扶梯並非必然配備，通常是樓梯，總而言之，利用大眾交通工具，還是要搭配耐走的雙腿。

1

2

3

健行時總會有驚喜發現，意外探訪到梵谷曾住過的小客棧。

不過法國氣候溫和，除了極少數冬天下雪積雪的日子，地面濕滑、結冰處寸步難行，抑或很偶然的暴風雨、冰雹天之外，其他日子，都還滿適合走路的。氣溫很少超過攝氏三十度，走起路來一點也沒有汗流浹背的辛苦，也不令人煩躁，冬天氣溫低，如果穿得足夠，走路還能暖身，因此在法國，走路的外在條件算得上非常舒適。

要遊覽大城市如巴黎，最好的方式也是「穿街走巷」，用腳用眼用耳，全感官親近城市的內在，沒有時間的壓力，不趕不急，悠閒放任雙腳，即使是長久居住其間的居民，也能發現從前沒注意過的小細節，令人驚訝的小改變：也許是小店的店招或擺飾顏色令人激賞，也許是牆角多了一個小繪圖，也許是麵包店前一張小海報，都能讓走路的風景日日不同，天天驚奇。也因此，巴黎人最常做的休閒活動應該就是邊「閒逛」邊「東看西看」吧。事實上，巴黎的確很適合「閒逛」，古老建築物散布城市各角落，隨便一棟建物往往都藏著一籮筐的神祕故事，名人軼事。各式各樣的歷史風格，也令人百看不厭，處處皆風華。小街巷裡藏匿的小店、小餐廳、甜點店，更常有令人驚豔的內涵，緊緊吸引路過行人的目光。每個區域不同的居民和氛圍，也得用腳真實地走過，才能感受體會。最有趣的巴黎風光，不是知名的景點，而是那些遍布大街小巷，曖曖內含光的小珍珠，一不注意便失之交臂。走在十九區，你可能會遇到不少戴黑圓帽和假髮的猶太人，隔街又看到一排北非人開的雜貨店。到了十八區，看到許多黑人美髮屋，還有黑美人美容用品的專賣店，隔壁可能是專門做回教徒生意的肉店。走到十三區，兩條大街上滿是亞洲超市和餐廳，在那裡也許說廣東話、潮州話或越南話也通。如果走到第五區，你可能會碰到不少老牌巴黎人，他們在巴黎已經住了起碼五六十年，當然也有為數不少的學生在路上走來走去，逛那些迎合學生口味的店家，進出平價的快餐店，不過更多的恐怕還是川流不息的觀光客吧！大概世界上所有的語言都能在這號稱拉丁區的街頭閃現。如若散步的腳程走到十六區，那你會驚訝地發現，路上真的有穿著貂皮大衣牽著貴賓狗優雅散步的富豪貴婦，但也有許多膚色較深的菲律賓女傭帶著小嬰孩，在街角的公園裡嬉鬧。那裡的高級名品店就是比別的區多上兩倍，連餐廳裡咖啡的價錢也稍貴一點。要是不經意走到第七第八區，那只好多注意牆上的金屬牌子，這裡的政府機關辦公室多如牛毛，說不定路邊那個帥哥就是一個如假包換的國安人員，外國使館也相當多，想要「偶遇」政治名人的話，天天來這裡的餐廳吃商業午餐就對了。每一區都有不同的風貌，有時候差一兩條街，就有不一樣的氛圍與風情，巴黎豐富多姿的樣態，如果不靠勤勞的雙腳來發掘，真的很難領略。假如語言能力夠，又有點閒情逸致的話，還可以與店老闆聊兩句，多了解一下附近的奇人異事，或者與咖啡廳隔壁座的客人搭訕探問兩句，運氣好的時候，話匣子一開，也許整個巴黎活靈活現的祕密，便躍至眼前。不過這等好事，有時候還真得要福星降臨，巴黎繁忙的步調，高居不下的生活壓力，往往使得人與人之間的溝通益發困難，一言不合可以大打出手，店家餐廳的服務態度，也常常既不親切和善，又缺專業水準，讓顧客花錢花得心不甘情不願。

走路健行（des randonnées à pied）也是法國人最愛的戶外活動之一。大型書店中，可以輕易找到法國每一省各區的詳細健行路線圖，也有依據不同活動性質或參與人而分類的小健行路線出版品，例如針對帶小孩的家庭而編的「家庭散步」類啦，針對戀人浪漫安靜喜好而編的「戀人好去處」類，也有單日可完成的小型健走書，順帶也介紹附近值得參觀的古蹟、建物或自然景觀。這些路線書多半都會註明行程長短及公里數，然後給讀者一個參考的行走時間，有的也會根據路程的難易、坡度、耗時，分出容易、中等、困難等不同的級數，讓讀者能根據自己的體能與時間來安排健行計畫。

雖然在巴黎早已養成長時行走的習慣，但都僅限於「散步」、「漫遊」而已，離夠格的健行其實還差得遠呢。真正發現並且享受到健行的樂趣，喜歡上健行，應該是在加拿大西岸旅行之後。加拿大地廣人稀，自然資源豐沛，即使住在像溫哥華那樣的大城市，只消開車出城一個小時，便能找到適合健行的湖光山色，在大自然包圍中發現不同的自然風光，觀察隨處可見的野生動物，既運動健身，也舒展心靈，難怪在那裡健行就像是全民運動，只要是不下雪的季節，都可看到大自然中民眾健走的身影。在那裡旅行，自然也入境隨俗，走了一兩回，發現自己腳力不錯，又喜愛親近動物，貪戀山水風光，便一古腦愛上了健行。旅行後回來法國，意猶未盡，步伐一邁開，巴黎近郊便成了我週末假期的健行樂園。

開始健行，首先便是尋找有趣又適合體力的路線，在這網路年代，自然先上網挖訊息，這下子才赫然發現法國有許多健行團體，各個地方社區也多半有當區的健行社團，可以加入成為會員，參與固定活動，也可只報名開放給一般大眾的出遊。有些比較活躍的旅遊局，甚至還發展出自己的專屬健行網站，提供免費路線圖，也定期舉辦導遊健行，像位於巴黎東北方的 L’Aisne，就在這方面做得非常完善，也吸引了許多來自大巴黎地區的健走者。不過，對剛開始愛上健行的我們來說，因為仍沒有太多經驗，也抓不穩自己的體能，便從自由隨興的短程行走起始。漸漸也希望能擴大走的地域，看看不同的森林生態，逛逛迥異的市鎮，穿經風貌殊途的農場或草原，便需更精確的路線指引，也就上書店採買了健行專書。這下子更是一發不可收拾，走出大興趣來了。

走了幾回，距離開始拉長，原本簡單的路程，也逐漸有了點難度。原本的普通球鞋和湊合使用的小背包，都顯得侷促不堪起來。投資一雙好的健走鞋便成了當務之急。有了好走的鞋，慢慢地，每次能走的距離自然也加大，每到週末，只要時間與天氣許可，也就儘量安排健行活動。連出外旅行，不管在法國還是國外，健行也成了規畫行程的重點之一，只要到了一地的旅遊局，要了城鎮地圖後，接下來一定記著問健行路線。走久了，裝備自然也更要求，連出國旅行逛街，都要不知不覺逛進戶外裝備專門店，買健行衣褲、鞋襪、背包，比買流行時裝的興致還高呢！其餘不可少的配備，像保溫保冷水壺、乾洗手液、防蚊液、帽子、防曬用品、雨衣、手杖等等，也一點一點依次添購，我們也從初始的一天八、九公里行程，走到一天二十公里也負擔得了的程度。只不過受限於天候及日照長度，在法國冬天還是很難安排長距離健行，通常只有春夏時節比較能有走長距的充裕。冬天健行，是真的不易，還記得最慘的一次，是在L'Aisne的冬天健行，路程不遠，氣溫在五度以上，穿著羽絨衣走也還好，只是沒想到因為潮濕，路況極差，許多森林小徑都是泥濘，我們勉強走了一個多小時，結果接下來的路段完全成了水鄉澤國，想繞道也無法，只得打道回府，循原路折返。回到起點時一看腳下，鞋的周邊沾黏著厚厚一層泥，直有鞋的兩倍大，後來光是清洗鞋子就費了不少工。

巴黎周邊，最有意思的健行地應該算是楓丹白露森林那一帶了。那裡因為地理環境特殊，森林中有許多大大小小的岩石，有的巨大若山壁，有的小巧可愛散落地面，有的獨自聳立如天然石雕，有的綿延串連壯觀無比。很多喜好攀岩的人，會利用週末假日去那一帶練習，他們在岩間釘繫繩索，地上鋪排防護墊，岩壁間便可見他們飛岩走壁的身影，矯健令人驚嘆。像我們這樣只健行不攀岩的人也不少，那就要有本事在岩塊間穿行。最保險的方式還是跟著既有路線的標記前行，才不至於在岩塊間迷途。跟著標記也是得爬上爬下，腿腳十分忙碌，手臂也沒閒著，得用上猴子般的身手才能又爬上又跳下毫不遲疑，有時還要擠過岩塊間隙，太胖恐怕還過不了。眼睛視線也得隨處飄，看準下個標記跟上腳步，忽焉在前忽焉在後，有時朝上

1&2. 健行時，途中的美景總令人流連忘返。

3-5. 楓丹白露附近有許多石雕、古建築景觀。
6&7. 在森林裡看過許多動物。

有時往下，一不注意就可能跟丟，真的要非常專心才行。真是考驗手腳靈敏度及平衡感的好路線！而且爬上高處，還有美不勝收的景致等著犒賞眼腦，這樣兼具挑戰性和趣味的走路，何樂而不為呢？

健行時還有一樣重頭戲：看動物！在加拿大或美國廣大的國家公園健行，可以很容易看到許多大型動物，從羚羊到浣熊，都曾經近距離接觸過，連黑熊、棕熊也曾經遠遠見到過。在巴黎近郊，畢竟是大城市附近，要看到大型野生動物的機率自然少多了，不過我們還是在森林中匆匆瞥見過山豬，看到鹿在田野間穿梭，水獺在河裡悠游，甚至聽過啄木鳥在林間扣扣扣的單調樂音。這是屬於令人驚喜的部分。但是動物裡也有令人害怕的如大蜘蛛、跑到小徑中曬太陽的蛇啦，就曾經不只一次把行走中的我們嚇出尖叫。假如是晚春初夏，最怕的就是經過水塘和積水的泥窪，蚊子大軍可以讓我們低頭猛走，全身緊緊包裹衣物，只為了逃避蚊子的恐怖攻擊。下雨過後的潮濕路段，那就要小心腳踩之處，深怕不小心就踩扁那些簡直漫山遍野半透明的蛞蝓，或是帶著殼辛苦爬行的大小蝸牛。除了野生動物，農民飼養的牛、羊，也隨處可見。經過馬場，也會看到駿美名駒或是天真的小馬。從家裡溜出來玩的小貓，有時也有機會見到。最討厭的是躲在門旁樹籬後的大狼犬，只要一靠近便使盡力氣叫囂，常常把路過的健行人嚇得提心吊膽。冬天健行，在動物常出沒的地方，則要十分小心，怕的不是動物反而是人，因為冬天是法國許可打獵的季節，往往邊走可以邊聽聞遠方傳來陣陣清楚的槍響，雖然打獵區多半會用線圈圍起來，也會在出入口警示大眾，但是當我們經過身穿獵人裝肩著獵槍的獵人近旁，即使只是看見他們的車，路過他們的木瞭望台，都會讓我們不由得膽戰心驚，想像起血淋淋的追逐場面，還有雁鳥中槍落地的慘況。所以冬天健行，我會習慣穿上螢光粉紅或桃紅色的外衣，鮮明醒目的色彩，讓人遠遠便能刺目望見，以免一不小心成了獵人槍下的犧牲品。

秋天，則是採果好時節。黑莓從夏末便成片地轉熟，由紅轉成黑紫，許多森林小徑旁生滿了一大片，我們便一路邊採邊嘗，其樂無比。當然，採摘這些野生黑莓還是要小心為妙，太過於低下處，可能有狐狸之類的小動物夜晚經過會在上面尿尿，最好避開。黑莓的莖上也有保護的棘刺，採果時要小心翼翼，才能不遭刺擊。黑莓產季後，就是蘋果成熟時。很多人家園裡會種蘋果樹，有的村鎮路上也可見，只要是枝幹在公共區域，都可採摘，落在公共區域的蘋果也能撿來吃，不過要摘到好吃的蘋果要碰運氣，有些品種是拿來做西打酒的蘋果，就酸澀到難以入口。有時候還採得到西洋梨子，通常都挺可口。不過，真的要吃到美味的蘋果，我們會特別經過開放給民眾採果的蘋果園，帶著超市大購物袋，摘個十公斤扛回家，那可是九月十月健行必「路過」的重點節目之一。森林裡其他的健行者、漫步人，很可能手挽竹籃，專心挑揀掉落一地的栗子，或者採集躲藏林間各角落的蕈菇類。可惜我們對植物認識太過欠缺，對這兩樣都無法辨識出可食與不可食的差別，也就只能遠觀無法親身體驗了。

住在巴黎，走路不僅僅是必要，也可以發展為有趣的健行活動。平時在大眾交通工具間行走，心情好時穿街走巷，假日更要邁開大步往野外森林田徑走。在巴黎，假如你不喜歡走路，那日子可真叫白過了。還有，再提醒一次：如果你是不愛走路的人，千萬不要來巴黎。

二〇一四年七月

台下台上的
法式生活

11

法國人是個熱愛表演藝術的民族。中型以上的城市，一定設有劇院，提供戲劇、舞蹈、歌劇等的表演，如有大型的運動或集會場地，更可見用之於吸引廣大群眾的歌星演唱會或樂團表演。大型城市的話，則除了以上比較傳統正式而大眾化的表演外，還有許許多多小眾甚至實驗性的表演團體，如單人脫口秀、小劇場、小型舞蹈發表、小眾音樂會等等。當然，國際型的大製作，大型歌劇或舞劇等，就只有首善之區巴黎能有幸迎接了，畢竟最好最大的表演場地，都集中在巴黎。

也因此，在首都巴黎，不但能看到最大型最熱鬧的表演，各式各樣的小劇場及微型表演活動，更是比其他地方發達，沒有一天無表演，各種型式都有可能，有以電影院為新場地的歌劇表演，有街頭行動藝術，有遊走地鐵的樂手，也有在餐廳為客人助興的舞者。整個城市就像一個寬闊的表演地，不管身處哪個角落，都能盡情享受看表演的樂趣，種類繁多，兼容並蓄，觀眾只有不知從何選起無法盡得的為難，絕不會有百無聊賴的空白。更積極有參與感一點的觀眾，有一天，一不小心，也許就轉換了角色，成為舞台上表演的一方。在表演藝術勝/聖地的巴黎，這樣的移轉頻繁得很，一點也不稀奇。

我從留學讀書到後來結婚定居，在巴黎居住超過十五年，也算是個小巴黎人了。

因本身所學及興趣的關係，看過的各類表演，多如繁星，可說是忠實的觀眾。但是如果要我轉換角色，站到舞台上去，接受公眾眼光的批評，這可就令人猶豫再三了。從小是個本性膽小的孩子，要我上台說故事，可以馬上忘記所有要說的話，手背在身後抖個不停，在眾人前姿態既不特別優美，身形也絲毫沒有迎接他人眼光的從容，一不注意，扭捏焦慮的小動作，就能把內心的害怕暴露無遺。但我偏偏成績不錯，同學一天到晚選我當班長，不但得常常在眾人面前說話，還得面對嚴肅的老師。我不得不強迫自己慢慢學會控制音量、聲調及情緒，讓自己隨時隨地保持開口的從容。

到了高中，為了繼續克服這與生俱來的害羞，讓自己言之有物，我甚至刻意跑去參加辯論社，把自己推到面對眾人的言論前線，假如說出的話沒有分量，沒有吸引力，台下觀眾的表情及眼神馬上現實反應。而這樣「折磨自我」的訓練，到後來竟然成為我最佳的吃飯工具，因為從大學時代開始，我就開始當上了老師，英語教師、社團指導老師，到後來的對外華語教師，都得隨時面對一群聽眾，不但要言之有物，吸引注意力，更要能適材適性，啟發熱情，鼓舞激勵。

開口這一點，經過多年的磨練，總算是有了一定的成果。但是假如不開口呢？站在眾人眼光前，去除言語，沒有了辭彙華麗的衣裝，只剩下龐然大物的軀殼，我能坦然面對嗎？我的身體有表達的勇氣嗎？身體懂得表達嗎？對文學理論、語言的鑽研到了某個地步，所有的研究都不免要回頭想想被冷落已久的身體，走到後現代，語言不斷被拆解、重組、破壞、重新定義，解構的同時，身體赤裸裸從暗裡顯影，運用頭腦的思考研究者，也不得不重新檢視被人文討論長期忽略的身體。身體與思考果真是分開的嗎？一直以為的思想操縱身體，道理何在？或者，身體反而有先於所有思考的敏銳？身體所感觸可以超越所有言語所及？關於身體的論述，在後現代，成了豔麗綻放的玫瑰。

為了平衡留學生活用腦過度卻四體不勤的狀況，也為了保持運動的習慣，鍛鍊起碼的體力，我開始尋找能激起興趣，又能持之以恆的運動。鑑於自己手小身形矮，球類運動本不擅長，又有場地問題，一概免談。要拍檔的，太麻煩，還要受制於人，不考慮。挑三揀四到後來，誤打誤撞走進巴黎知名的舞蹈社之一，開始學舞。學的，自然都是不需舞伴獨舞即可的，十年來，學了佛朗明哥，後來又加進肚皮舞。中間曾嘗試過幾次 Salsa，卻因為舞伴問題，終究放棄。

真的學起舞，就會發現，自己雖然手腳還算協調，數起拍子聽起音樂也還靈活，動作做起來也不太笨拙，但是終究不是做專業舞者的料，沒有與生俱來的優雅天分，

許多藝術家「占用」位於巴黎市中心精華地段的空屋。藝術家及左派團體集體向巴黎市政府請命，希望由市政府買下，供藝術家使用。市政府後來買下整建，以相當便宜的租金租給藝術家當工作室。目前開放民衆自由參觀，可與藝術家交流，看到現場創作的情況，也可當場向藝術家購買作品，有些藝術家乾脆在那裡過夜生活。

也呈現不出完美的曲線與體態。不過無妨，專業本不在此，最初是學來當運動而已，沒想到還能跳出點名堂，學出點模樣，以業餘水準來看，也不教人太失望了。學舞的身體經驗，又碰巧給了我許多對後現代理論思考的靈感，舞蹈帶來的身體上種種刺激或改變，也啟發了對環境的新視野，對語言使用的新觸發。當然，還有對不同文化的觀照與了解。佛朗明哥來自吉普賽人，保留在西班牙南部鄉間，肚皮舞則混合了阿拉伯及從北非以迄中東的地方民俗文化。舞雖從身體的小動作開始，卻可以廣伸至樂調的種類及歌詞的情感文化烙印，從小小自我出發的鍛鍊，往往可以延展成廣袤的文化行旅。學舞，意想不到地開發了我的思考領域，也讓我自然而然跳脫心身二元對立的窠臼。

豈知，最意想不到的挑戰還藏在別處呢！

學舞初期，法國人對表演藝術的狂熱，尚渾然不知，對已延燒近身的火光，更是無知無覺。跟著新回國任教的老師學舞學了兩年，老師也累積了不少經驗，為了在舞蹈社增加影響力，擴大學生群，也為了給自己的學生一個表演所學的機會，她決定參加舞蹈社的年終發表會。大多數的學生都躍躍欲試，我也不禁讓他們的興奮感染。滿心以為這應該只是像小孩子學校上台那種小規模的兒戲罷了。後來才慢慢了解事態嚴重。法國人對表演的看重，讓他們對所有的表演都肯大手筆投資，即使是業餘二十分鐘的表演身分，過乾癮成分居多，也不該掉以輕心，只要站上舞台，就該受到應有的尊重，承接對等的掌聲。這下子我才知道，所謂的舞蹈社年終發表會並非兒戲，這間在巴黎也算知名的舞蹈社，除了藉此機會招生外，更重要的是展現其教學成果，從表演場地，到宣傳行銷廣告售票，都與專業舞團無異。對，各位讀者沒看錯，表演「公開售票」，欣賞這場表演得要掏腰包買票的，因為不只場地數一數二，後面的技術團隊更是不可小覷，甚至還製作紀錄DVD片發行。問題是，在台上跳舞的人恐怕沒那麼專業……。我默默看著所有陣仗鋪陳，驚得目瞪口呆。後來才知道，上台表演的，除了有我們這種初學者外，還有為數眾多專業或半專業舞者，要與他們一起分享舞台，再怎麼樣也得跳出一定水準，否則真要叫人嫌棄了。

那是我第一次登上法國舞台表演，老師也是第一回帶領學生參加這種演出，大家都青澀生疏，毫無經驗，服裝全黑，舞步在台上缺乏陣勢及場面效果，聽說老師被舞社老闆狠狠念了一頓，我們的舞課也頓時成了邊緣。只抱持大家共同參與的心態，不但消極，且是萬萬不可的。在法國，演出必是嚴肅正經，在準備工夫與排場面前，無論專業或業餘一律平等，就算技不如人，陣仗卻是不能不擺的，所謂輸人不輸陣。於是，隔年，老師又不服氣率領大家參加演出。這一回，她可學乖了，早三四個月便開始召集人馬準備，不同程度有不同舞步，還有隊形變化，到了最後階段，還要求大家集資買布，畫設計圖讓大家去做統一的舞裙，連髮式都有定樣，舞鞋也有統一的顏色，音樂選取有層次，高潮清楚明白，大家對舞台妝也有了經驗。這一次表演，聽說不但讓老闆笑逐顏開，也獲得觀眾的好評。

我終於見識到法國的表演生態。在巴黎這樣的文化古都，表演更像是全民運動，無論是小老百姓或達官顯貴，都該擁有粉墨登場的機會，在聚光燈下，面對觀眾的審視。

這裡有個很大的問題，表演可不是簡簡單單隨隨便便，三言兩語便可打發掉的小事。對某些天賦異稟的人來說，登上舞台，他如魚得水；可惜，對絕大多數的人而言，把身體暴露在眾人的眼光下，可是會讓人緊張胃痛，雙腿發麻的。對我，更是噩夢一場。不知道跟亞洲人拘謹的教育有沒有關係，在法國人堆裡，我總是覺得自己放不開。對身體與動作都有太多不自覺而內化的限制。天生的害羞膽小那一面，儘管在開口說話發表自己這一項，已有長足的進步，身體卻如一塊璞玉，未經雕琢，遑論訓練，根本還縮在沉默的黑暗裡，一見眾生眼光，便驚駭恐慌，方寸盡失，更不用說以舞步的精準優雅來規範控制了。不要說表演，只要稍稍意識到旁人注視的眼光，只是在練習的我，也能因而心慌意亂，頭腦一片空白，突然手腳停滯，不知所之。也因此，我最怕老師突發奇想，叫學生一一即興獨舞一段，這樣的課程安排，連熟悉的舞步都能在人前因緊張而忘得一乾二淨，即興？那豈不是要我的命嗎？每當這種時候，我一定躲在人牆後，祈禱老師把我忘記，絕對逃不過的時候，勉強上陣，也多半灰頭土臉全身僵滯，敗下陣來。技藝不精，當然是一大問題，但我明白，身體的拘謹，在人前的莫名害怕，其實更是無法突破的關卡。我花許多年時間，從精鍊語言培養學識，給自己發表的餘裕，練就開口的勇氣，可是我的身體仍然開不了口，失去了語言，身體便無法流暢自在地表達自己。身體圈養在種種規範的牢籠裡，稍有展現，便驚懼不已，深怕因為不完美而觸天條，因為太外露太無節制而越界。而這條界線，卻是藏在心中沉厚的柏林圍牆，假若沒有人為拆解，也許一輩子將箝制身體的表達自由。很多朋友看到我教書頭頭是道的模樣，或是與人爭辯滔滔不絕的狠勁，通常都不能想像我對在人前伸展身體的恐慌焦慮。只有自己明白其間的無力。

不過，天生反骨的我，連讀文學都要講語言革命了，怎能任體內的柏林圍牆逞威作福限制行動自由呢？革命最有效的，恐怕還是從身體力行開始，身體革命當然也從自己下手風行草偃。既然一伸展身體便僵滯失措，那舞更要持續練下去，讓不斷重複的伸展訓練去習慣身體。既然害怕眾人的眼光，那更要參加表演，把恐懼逼到極限，讓自我意識退無可退，也許身體才能得償期待已久的自由。幼時以來的固執依舊，因為好強不認輸，學舞再苦也堅持了十年。因為希企有一天終能解放身體的禁錮，我一次又一次參加絕非專長的舞蹈表演，儘管緊張依舊，拘謹如故。幸好，長時間的堅持不是毫無意義，我觀察到些微變化，儘管細微，也發現一些化解害怕的方法，讓我漸漸也能在舞台上綻現一點勉強的笑容。

說來也許是老生常談，卻是摸索了多年才悟出的心得。怎麼樣讓自己上了台還能鎮靜自若，游刃有餘？除了排練到滾瓜爛熟，閉著眼都能跳的地步之外，沒別的辦法。有人能夠輕易把學會的基本舞步即興編織起來，自由舞出獨特的風格。有人能夠把學得的大段舞步流暢熟記，數段銜接，再加上自己的獨特表情，小動作，不同的組合，便幻化成了獨門絕活。更厲害的尚屬能優遊於不同舞蹈間，想辦法融合互通的，這多半已屬專業領域，一般人大概很難做到。這種種身體享有的自由，對我這樣個性的人，完全流於夢想層次。像我這種人的身體自由，只能來自於嚴格規畫排練，給身體一個有所依循的藍圖，給以架構，賦予枝節，從頭到尾寫好腳本，照本宣科。等到幾無差錯再也不能更熟悉的地步時，這當兒，身體才有餘裕睜眼看看台下眾生，微微笑，稍稍放肆出一點感性，遠離害怕緊張，完全投入揮灑。那時，才終於能感受到一點點的表演樂趣：「啊！原來表演能給予身體這樣的自由。」

然而，擁有這樣的從容其實是相當難得的，而實際上可能也不過持續個幾秒鐘，稍縱即逝。假如外在環境無法配合，處處阻礙，身體無法放鬆，表演效果自然也要打折扣。來法十五年，學舞十年，當然也要學學法國人對表演的熱情，時不時參加一下。站上大型表演場的經驗，應該有四、五次之多，另外還有一些私人性質的小型表演，甚至還在生日宴、婚宴上跳過簡單的獨舞，完全扣合法國人熱愛表演的習俗，努力「身體力行」。碰到講究舞台效果的老師，除了舞步之外，還要演出劇情，製造戲劇效果，喜劇時，用面部表情邀請觀眾參與，悲情也要有傷痛的決絕眼神，俐落斷然的舉手投足。所以，明明原本是當作娛樂消遣的舞蹈，卻常常成了耗時費力的活動，長達三、四個月的密集排練，老師求好心切帶來的沉重壓力，有時不禁自問：何苦對不是專業的東西付出那麼多心血與精力，值得嗎？可是處在法國，表演藝術的殿堂，似乎沒有人在意值不值得這等層次的問題，對他們來說，表演好比人生必經的過程，總有一天輪到你上台接受掌聲，既然有機會站上去，自然要好好把握，全力以赴，用身體舞出榮耀的時刻。其他的人也絲毫不吝惜去當觀眾，報以熱烈的掌聲。所以，舞蹈社的年終發表會即使需購票觀看，還是能吸引大批的觀眾，以呼喊掌聲鼓勵有勇氣站上舞台的表演者。

多樣表演活動中，只有一項我始終拒絕參加：肚皮舞老師舉辦的競賽。參加競賽的人，可以獨舞也可以雙人或三人舞，音樂、編舞、服裝、排練，所有過程全部自己來，老師可以給意見卻不干涉也不參與。對已有職業級水準的同學來說，的確是很好的舞台經驗。只不過，我沒有那麼強大的表演慾，也不覺得有競賽的必要。參加團體表演，除了小小的「身體革命」之外，也同時兼有深入認識朋友，分享歡笑的功能。表演只是一個觸媒，並不是最主要的目的，過程反而比較難忘。至於為個人發表而設的競賽，我既沒有攀登那般水準的野心，也欠缺主動表演的熱誠，或許身體也還無法承受那樣的暴露與評判眼光。畢竟，「身體革命」尚需努力，仍未成功啊。

記得去年的佛朗明哥舞表演，大家準備算是不錯，排練得也還令人滿意，服裝伴奏也到位，可是歌者卻一再於某個長音部分弄錯轉折，而那卻會影響舞步的進行，

1&2. 音樂節在法國行之有年。在路上、廣場，甚至是咖啡廳、酒吧，只要搭台裝設，都可以隨興開始表演。

老師只好在上台前幾秒警告大家假如歌者唱錯的應變方法。這個表演場地並非專業舞台，地板也不配合佛朗明哥舞，腳擊的聲音雖然出得來，地板卻嫌太硬，而且太滑，我們舞中好幾處轉圈變得十分危險，連續轉圈的部分，要是不小心，可能摔傷也不一定。然而我們自然是當天彩排時才發現這個致命的缺陷。但是已經來不及了，除了硬著頭皮上場，也沒有別的法子。我們想盡辦法抹可樂、抹粉，來增加鞋子的摩擦力，效果都不好。再加上歌者可能的錯誤，我根本無法放鬆，整個人處於焦慮無措。果然，那天的表演，我完全跳不出應有的水準，身體僵硬，轉圈失敗，歌者也果真唱錯，讓大家亂了幾秒鐘。有的人對於這些臨場意外，毫不驚怕，仍然跳得得心應手，專注如常，我真的佩服至極，因為自己實在還達不到那樣的境界。

談到臨場意外，倒有個十分有趣的小插曲可以講講。今年六月二十一日夏至音樂節，我們的肚皮舞老師竟然獲邀至郊區一個小鎮上安插表演。我們因為排練年終發表會，有現成的團體及舞碼，老師就讓我們去了。她自己因為有事困在摩洛哥走不開，學員就自己隨機應變。音樂節在法國行之有年，也變成全民運動了。這一天，從下午開始，在路上、廣場，甚至咖啡廳、酒吧裡，或搭台裝設大型音箱，或只是幾台樂器，不管走到哪個角落，都可以隨興觀賞一場表演，有小眾演唱，有舞蹈演出，有台上台下跳成一片的，也有五光十色的演唱會。有人演奏從未見過的樂器，也有業餘鬆散的表演。自己興起擺攤賣唱的也有。當然，巴黎還是有其熱鬧的傳統。我們一行學員，帶著興奮又緊張的心情，想像著如巴黎的盛況，在鎮上的火車站集合。不是所有人都有空參加，總人數有多少，沒人心中有譜。大家慢慢走至表演地的廣場，隔著街遠遠一看，有點不敢相信自己的眼睛，整個大廣場上，只搭了個小不拉幾的棚子和不超過八平方米的舞台。廣場前停放的車並沒有撤走，舞台上只有一位老頭孤伶伶地拉著手風琴，台前因為時候尚早，只流連了小貓兩三隻。大家看了真是哭笑不得。不是市政府主辦的嗎？怎麼搞得這麼冷清沒有規模？場地這麼草率？不過既然答應演出，就得盛裝登台。到了現場，只見最基本的播音機器和舞台，沒有負責人，也沒有主持人。什麼時候上台？幾個不同團體的人自己協調。我非常慶幸沒有任何認識的人跑來觀看。但是同學裡好幾個可都是全家出動，特地來捧場的，我看到那樣的陣仗，只差沒有昏倒。他們恐怕會失望吧？首先，舞台太小，而我們多達十一個人，雖然沒有全團到齊，但原本的舞碼是設計給大場面的隊形，還加上舞扇、紗巾等道具，那個才七、八平方米的舞台，怎麼塞得下那麼多人和道具？於是大家臨場決定一半人站到地面上跳，把舞台延展開，隊形改掉，需要舞伴的地方也臨時湊對，衣服一樣鮮豔明亮，濃妝卻大可省了。畢竟只是露天舞台，沒有燈光，也沒有音效。大家在連門都沒有的小棚子裡互相遮掩換好衣服，外面觀眾因為可以瞥見棚內動靜，早就好奇等待，加上我們人多，服裝顏色又引人注意，不知不覺竟也聚集了好多觀眾。等到我們上場，台前已經坐滿了引頸企盼的一群小朋友，本來只是路過的人也都停下來觀賞，場子一下熱鬧了起來。音樂節該有的氣氛也升高了。大家有模有樣的跳起來，沒想到音響設備太差，才十分鐘不到的舞曲，卻跳針五六次，但是大家居然都很鎮靜地放慢，把舞步跟上，繼續，實在很有專業的應對風範。只可惜，舞台太小，一些原本該有的戲劇效果表現不出來，除了入戲的前台小朋友似乎看懂了之外，一般觀眾並沒有如我們預期地哄笑。不過，那麼多出乎意料的狀況下，我們還能正正經經有模有樣地跳完，從錄影片中看來，動作也非常整齊一致，大家都十分訝異於自己的應變力啦！可能由於場地的平易近人吧，這場表演倒是我有史以來最不緊張的一次！雖然跳到後面得拚命留意緊縮動作，不要失足掉下小小的舞台，但是我卻一點也不害怕。下了台，大家不約而同笑成一團，彷彿歷劫歸來，只能用大笑來嘉許自己面對一路顛簸的平寧。頭一回的音樂節表演。經過這一次，還有人能說我不融入法國的表演文化嗎？

INK PUBLISHING

讀者服務卡

您買的書是：______________________

生日：　　年　　月　　日

學歷：□國中　□高中　□大專　□研究所（含以上）

職業：□學生　□軍警公教　□服務業

□工　□商　□大衆傳播

□SOHO族　□學生　□其他 ____________

購書方式：□門市_____書店 □網路書店 □親友贈送 □其他 _____

購書原因：□題材吸引　□價格實在　□力挺作者　□設計新穎

□就愛印刻　□其他 ____________（可複選）

購買日期：________年________月________日

你從哪裡得知本書：□書店　□報紙　□雜誌　□網路　□親友介紹

□DM傳單　□廣播　□電視　□其他

你對本書的評價：（請填代號　1.非常滿意　2.滿意　3.普通　4.不滿意）

書名_____ 內容_____封面設計_____版面設計_____

讀完本書後您覺得：

1.□非常喜歡　2.□喜歡　3.□普通　4.□不喜歡　5.□非常不喜歡

您對於本書建議：

感謝您的惠顧，為了提供更好的服務，請填妥各欄資料，將讀者服務卡直接寄回或傳真本社，我們將隨時提供最新的出版、活動等相關訊息。

讀者服務專線：（02）2228-1626　讀者傳真專線：（02）2228-1598

廣	告	回	信
板橋郵局登記證			
板橋廣字第83號			
免	貼	郵	票

舒讀網「碼」上看

235-53
新北市中和區建一路249號8樓
印刻文學生活雜誌出版有限公司　收
讀者服務部

姓名：＿＿＿＿＿＿＿＿＿＿ 性別：□男　□女

郵遞區號：＿＿＿＿＿＿＿＿

地址：＿＿＿＿＿＿＿＿＿＿＿＿＿＿＿＿＿＿＿＿

電話：（日）＿＿＿＿＿＿＿＿（夜）＿＿＿＿＿＿＿＿

傳真：＿＿＿＿＿＿＿＿＿＿

e-mail：

INK

來法國前，怎麼能想像得到，表演，也是一種典型的法式生活哪！一般人對法國的刻板印象，除了美食、時尚、建築外，大概也想不出別的了，其實，法式生活的一大奧妙，可是藏在他們對表演藝術的熱情裡呢，無論站上舞台，還是在台下當觀眾，都已成了他們文化生活的一部分。為了讓身體也能練就在表演中隨遇而安的本事，我的「身體革命」繼續默默進行。不想成為專業舞者，應該也沒那個天分，我只希望有一天，身體也能自在開口，流暢表達，不復在人群眼光的界線前，退縮膽怯。

二〇一一年七月於巴黎

走進法國的電影銀幕：

台下台上的法式生活之二

12

巴黎是個名副其實的電影之都。巴黎人愛看電影是有目共睹的，除了設備愈來愈好的現代化大型影城外，獨立小電影院依然傲視巴黎，以高密度占據各角落。市中心有個視聽圖書館，十二區有個大型電影資料館，都常常舉辦各式各樣的活動和小型影展，讓巴黎人有更多親近電影的機會。也因此，在巴黎，想要看舊時代的老片抑或剛出爐的新作，再簡單不過；從商業片到實驗性質的短片，都找得到觀眾。

巴黎更是個大型電影製片廠。每年在巴黎市拍攝的電影，不知凡幾，除了國際化大製作，如《達文西密碼》、伍迪．艾倫（Woody Allen）最近的《午夜巴黎》外，連《慾望城市》這樣大眾化的影集，也不能免俗，得到巴黎來朝聖一番，更不用說各式各樣的小製作、短片、紀錄片或甚至只是音樂MV，總之，走在巴黎街頭，三天兩頭就能碰到忙碌的拍攝外景隊，不小心還可能撞到攝影機，要不就是迎面與大明星打照面。

在街上碰到明星，這可不是開玩笑，我就碰過幾次。先不提在戲劇、歌劇、舞蹈各種表演場合，要遇見同來看表演的明星或名人，其實還滿容易的。把範圍縮小到只限於在路上閒晃或純粹趕路去上班這樣的情況，還是有可能撞見明星。也許是生活在巴黎的明星著實太多了吧。有一回，在十一區要前往一工作場合時，看到對街牽著小狗悠閒遛狗的女孩，不是別人，竟是Jane Birkin的女兒Lou Doillon，也沒特別裝扮，就只是平常衣物，淺棕色大衣加上長靴，應該就是住在附近的樣子。因為她穿得太平常，讓我不由得多看了幾眼，好確認是她本人沒錯，反而好像是我小題大作，招來奇怪的眼光。而她邊走還時不時停下和路過的鄰居閒話家常，與一般人毫無兩樣。另一回是在右岸的瑪黑區，星期六下午，我和朋友正在時尚家具店流連，東摸西看，冷不防一抬頭，大名鼎鼎的導演兼演員Michel Blanc就站在面前，跟老闆正指著店內幾樣擺設滔滔不絕呢！只見所有顧客都從容自若地繼續遊逛，沒有人不識相地指指點點，也沒有人衝上前去要求簽名，他彷彿只是融在畫布中的一筆風景，單純至極不需特別留意。還有一次，是在靠近香榭大道的喬治五世大街旁，蕭索的寒冬週日下午，正散步要去大道上觀賞耶誕節裝飾吧，一名身穿黑大衣的男子，從我右手邊的路上轉至我面前，我一細看，不得了了，那不正是我的超級偶像明星Daniel Auteuil嗎?天啊!簡直不可思議，我就走在最欣賞的法國男演員身後，不久他便走進一旁的Four Seasons Hotel，想必是下榻於此，到附近散步吧。要是在台灣，恐怕他已身陷要求合照及簽名的瘋狂人群中了，而在尊重名人私生活自由的巴黎，除了偷拍的狗仔隊外，一般人幾乎不可能隨便打擾這些明星，我也只好把掏出相機的欲望強壓下去，做個「正常」巴黎人囉，見到名人明星，一點不稀奇！又何必大驚小怪。

在巴黎，一不小心就可以走進拍片現場。也許是圖書館附近的某家咖啡店，忽然就架滿了攝影機，燈光大亮，演員正坐在大門口的露台上對話。也許是家旁邊的某間店突然變裝成了影片中的雜貨鋪。還有一次，走去舞蹈社練舞的我，赫然發現舞蹈社那兒整條街都封起來，成了電影場景，學生們可照常出入上課，只不過仔細一看，卻發現舞蹈社的門面不大一樣了，整條小巷的所有門面都重新換裝，露出曖昧的顏色形貌，而且站了好多個穿著俗豔暴露的女孩，原來小巷布置成了紅燈區，而我們出入的舞蹈社竟是……妓院。後來，在欣賞某部由李連杰主演的電影中，就讓眼尖的我認出了這個紅燈區的場景，怪不得那天經過後，在舞蹈社裡一直聽到有演員打打殺殺的叫喊，可惜沒親眼看到李連杰本人啊。

由於大量電影在巴黎拍攝，需要的演員也就非常多了，三不五時可看到徵求演員的啟事，如果沒那麼大的野心做專業演員，只想過過上鏡頭的癮，更是有成千上萬的臨時演員徵人廣告等著你小試身手。在巴黎，想從電影屏幕下走上銀幕，沒問題，什麼人都有機會。我也當過臨時演員。

這個經歷說來有趣。以前的佛朗明哥舞老師剛從西班牙返回法國，有天發了封mail給她以前的弟子學生，大意是她受聘於某部電影，做舞蹈顧問，有場跳sevillana舞的戲需要臨時演員，她希望最好能有會跳的學生在場，希望我們都能去應徵。只不過是寄張照片的舉手之勞，很容易嘛，我就乖乖地寄了張在西班牙Sevilla穿傳統舞裙的相片給電影製作公司。過了約兩星期，電影製作公司的人來電話給了我兩個日期，問我能不能到場，原來是有兩場戲。因為工作的關係，我只能出席一場，也無妨，於是就這樣接下了臨時演員的工作。滿心以為其他的同學應該都會一起到場，體驗這有趣的工作吧，沒想到完全不若我的預期，聽說篩選還挺嚴格的，長相「平凡」的白人，都沒入選，導演要求的是「長相特殊、怪異或特別有個性」的面孔，到場一看參與的人，大概才比較了解導演的要求，不過再回頭一想：那麼，自己是屬於哪一類的面孔呢？難道也成了「長相特殊、怪異」人士？只好安慰自己，之所以雀屏中選，應該是因為我是外國人吧，況且還是膚色五官皆不同於白人的亞洲人，還有人比我更「特殊」更「怪」嗎？

我們這批臨時演員，有場戲是去Père Lachaise墓園拍出殯下葬，這一場人不需太多，所以我不出席也無所謂。另一場則比較複雜，因為是舞蹈課的場景，所以必須表演學生雙人對舞，還要配合劇情做發揮，已經不只是背景中會模糊出現的人影了，還得認真地演戲才成，真是莫大的挑戰。

參加第二場戲的臨時演員，一大早就配合通告的時間趕到集合地點，電影製片公司不但把整個咖啡酒吧租下來重搭布景，旁邊租了間公寓充當化妝及服裝造型室，後面空地搭了巨大篷頂，停了輛大卡車，不停有人忙進忙出，後來才看清原來都是準備餐點的人員。咖啡酒吧對面，則借了個協會的場地，當作總務人員聯絡事情的辦公室，也是所有臨時演員練舞整裝的場所。電影公司選中的臨時演員，有一半以上從來沒跳過 sevillana 舞，我的舞蹈老師得從頭教起。對沒有跳舞習慣的人來說，三時兩刻就得把一支舞跳得有模有樣，的確相當困難，何況大部分的人連腳步都不聽使喚，還要兼顧身姿表情，實在是不可能的任務。舞蹈老師立刻發現問題嚴重，總務一看情況不對，當機立斷，決定把原訂當天拍完的景延後一天，那天就練舞，充當幾個模糊背景而已。大家也毫不含糊地學起舞步來，我們其中幾個已經學過的真正學生，便在旁邊充當起助教來。時間很快到了中午，正在發愁該上哪兒買不貴的三明治去，便有總務助手來請大夥至帳篷區用餐，哇，原來之前見到的大餐車便是負責所有工作人員及演員伙食的，連臨時演員也不例外，全體一視同仁，從導演、製片到場記，大家都聚集一塊用餐，自助餐式的擺置，大夥自行打菜、拿飲料，落坐時也是自由混雜，想和誰聊天就和誰坐。餐費直接從薪資中扣除，但其實非常經濟實惠，大鍋菜吃起來也有滋有味，讓我見識到電影工業的嚴謹組織，為了增進效率，連伙食都安排得好好，不需工作人員分神操心。我們這些快樂練舞的臨時演員，因為沒有急著上場，便慢慢享受菜餚，一邊還聊個不停，這才打聽清楚電影大概主題，參與的大牌演員有哪些人，也對明天要上場演的角色及劇情，有比較詳盡的了解。

除了練舞，大部分的時間臨時演員都在等待，當天的臨時演員除了演舞蹈學員的之外，還有佛朗明哥吉他手及演唱者，另外幾個長相真的「特別奇異上鏡頭」的，則需扮演咖啡館中的其他顧客。除了舞蹈學員外，其他人當天應該都要上場，也就早早化妝打扮妥當等著導演一聲令下，可是前面的戲，什麼時候才能拍到滿意不重來，誰也說不準，所以該上戲的時間也往往一延再延，讓他們懸吊著一顆心，又興奮又坐立不安。演舞蹈學員的這一群，原本似乎也有幾個鏡頭得上場，後來因為進度延後，便決定把所有戲推到隔天一起拍。大家練了一天，也跳出點樣子來了，與舞伴的默契稍稍建立起來。黃昏時分，本片的大主角 Didier Bourdon 來了，趁著戲與戲之間的空檔，來休息吃點點心，喝杯咖啡，也順便來看看隔天要一起拍戲的臨時演員。他推門進來時，演舞蹈學員的臨時演員們，正認真地配合音樂跳著，穿著舞裙及舞鞋，看來挺有聲勢，加上跳了一天，大家開始彼此熟稔，笑語不斷，整場氣氛十分歡悅，主角一進門便讓我們的熱烈氛圍吸引住，不但主動問了一堆與舞蹈相關的問題，還興沖沖地下場學了幾個舞步，後來更與大夥閒話家常好一段時間。我簡直太震驚了，一個大明星，在拍攝現場，卻一點架子也沒有，就與平常人沒有兩樣，跟大家喝一樣的咖啡，分享一般的笑話，跟以往在台灣明星拒人於千里之外的驕傲冷漠印象相比，實有天壤之別。後來我私下與負責臨時演員聯絡與調度的總務人員聊天，一個從電影學校畢業沒有幾年的大男生，我問到法國電影圈運作的情形，他的一句話讓我印象深刻：「法國電影界就像一個大家庭，氣氛通常是很和樂的，大家都彼此認識，像朋友一樣相處問候，一起工作的感覺非常好。即使是很有名的演員也一樣。」與我實際上體驗到的，也是不謀而合，可見他所言一點也不誇張。

這天臨走前，服裝總監來看我們的舞衣，她強調場景是一堂普通的舞蹈課，所以舞裙的顏色必須大家都差不多，不能太過突出。另外叮囑我們隔天有場生日宴會的戲，要大家穿件比較華麗的衣服來，如果可能，化好妝來，早晨第一場要拍的就是宴會。

第二天一早，天還沒亮（冬季天亮得晚），才早上八點，大家已陸續到達，化妝及服裝人員，早已忙成一片。我們一到，就一個個進入化妝區上妝。對化妝我不陌生，也化過舞台妝，所以在家裡早已聽話地把自己打理好，化妝師看到我，打量了兩三秒，便很滿意地說沒問題，連補妝都沒有，只幫我額頭下巴補拍了點蜜粉便忙著去打理別的臨時演員了。化妝團隊動作十分迅速，大家陸續上完妝回到我們占據的休息場地，穿好宴會戲該穿的衣服，導演那邊也下達了集合令，我們便又緊張又興奮地進入咖啡酒吧拍攝現場。那裡，我們首次看到與我們配戲的 Marilu Marini，也是劇中我們的舞蹈老師，她的生日宴會服是一襲亮紅褶子洋裝，燈光一打，更顯亮麗。總務人員向我們解說了這場戲的大意：舞蹈學員在平時上課的咖啡廳為舞蹈老師慶生，我們要演出跳舞慶祝的晚會情態，吹蠟燭時 Marilu 會觸景生情，悼念起因車禍去世的愛女，而我們必須演出動容的表情。進入拍攝現場，我們才第一次見到導演 Michel Delgado 的廬山真面目。聽說這是他的第一部長片。他與幾位攝影師溝通了等會兒的運鏡方式，與 Marilu 解釋了進場和走位，Didier

Bourdon 也會露臉，所以也在場跟著走位。我們也記下剛開始等待的位置，晚會時的分散方位，以及唱生日歌吹蠟燭時聚集的位置 。Marilu 進場時跳出幾個舞蹈動作，任影片舞蹈顧問的舞蹈老師，已為她臨時惡補了幾個簡單的動作。Marilu 雖然不是真正的舞者，動作做起來當然在明眼人看來也知道不是職業舞者，不過專業演員果然是有幾把刷子，她一上場，就馬上演出了職業舞者應有的自信與架式，把動作烘托得完美極了，簡直就像個真正的舞者。拍完她進門的景，鏡頭轉到吉他手與歌手，他們繼續熱烈彈奏演唱至終，再來是晚會大家放鬆跳舞的景，這個簡單，三兩下便完成，大家走位退場也很順利。然後 Didier 拿著蛋糕進來，我們必須圍上前起鬨吹蠟燭許願等等。這幾個鏡頭都很流暢，只重複了兩、三次便過關，不需再拍。

沒想到真正的困難等在後面。接下來則是大家圍在 Marilu 身後，她吹蠟燭，對女兒之死有感而發說了一席話。這時大家都看清楚蛋糕是假道具，連帶蠟燭都是有祕訣的道具。導演要 Marilu 一吹便吹熄所有的蠟燭，獨獨剩中央那枝亮著，照亮她湊近的臉，讓她說內心話時更有感染力。我們在旁邊根本都覺得不可思議，怎麼可能做到這種程度。沒想到處理道具的人，就像有神祕特技一般，一次又一次地改善出問題的蠟燭，務使所有蠟燭都能馬上吹熄，再換上一回較一回精良的中間吹不熄蠟燭。前幾回，都在調整道具，蠟燭燒短了，還要全換上新的，為了符合導演的要求，道具人員一次次換新道具，但是我們也得一次次重來，密閉的空間，加上所有人擠在一塊兒的劇情需求，還有蠟燭的溫度，空氣悶熱起來，大家也開始有些焦躁，但是每一回重來都要專心無比，因為誰也不知道什麼時候會是拍成功的那一次。道具人員及專業演員都耐心地配合著，導演也要求完美一再重來，我們除了靠近Marilu身後，還要在聽她說話時展現出動容的表情，短時間內要馬上入戲，演出動容，簡直是太難了。可我回頭一瞥旁邊一位平時在劇場工作的戲劇演員，她竟然說動容就動容，頰上立時流下兩行淚珠，天啊，我簡直要崇拜至五體投地了，在這樣躁動的情況下，周圍布滿機器、工具及不下二十位的工作人員，她竟能說哭就哭！怪不得她能在劇場工作！Marilu也是，每次重來都能夠馬上聚精會神投入其中，毫不打馬虎眼。這場戲磨了起碼十數次，終於完成，但還沒結束，攝影人員必須換個角度把同樣的東西再拍一遍，不過已經不需要我們做背景了，總算是鬆了一口氣。

大夥回至休息場地，稍喘口氣，等待下一場戲。接下來的是重頭戲，也就是舞蹈課的場景，大家乖乖地換好舞蹈的服裝鞋子，上場前再次惡補。今天，大夥已經跳得不錯，所以老師要大家加上該有表情與架式。過了不久，總務來叫大家上場，穿過馬路盛裝的我們，吸引了不少好奇路人的眼光。場地背景已重新整理布置過，老師與導演把我們的位置排好，說明攝影機的動線，Marilu 也先走位一次，便開拍。這一場還算順利，雖然人多，但是並未重複太多次，便順利結束。但是還有我們一場戲。我們在原地等待了一會兒，工作人員在咖啡館的另一半布置，因為接下來的戲是 Didier 衝進來跟年輕男演員大吵，正在彼此大聲聊天的我們要馬上把音量降低，偷眼驚詫地看向進門的方向。我們雖然在鏡頭深處，但也不能含糊，還是要演出感覺，於是大家很努力地揣摩，聊天沒有問題，怎麼樣偷眼看、表現出驚訝的樣子卻不容易。導演在前場指揮主要演員，工作人員便負責看臨時演員們的表情，前面兩次幾乎都是告訴我們表情太誇張，不夠自然，頭的角度不對。我們也深深體會到演好戲果真是一門學問。還好我們也不算太笨，等前場主角完美過關，我們這部分也成功交卷。這時，工作人員卻叫大家不要走，要再演一次。演什麼？剛剛不是說影像沒問題了嗎？哦，原來這一次要演出音效的部分，剛剛在前場收音，沒有錄到我們，所以這次要把大聲聊天之後音量放小，偷偷議論的情景用聲音表現出來。哇，這也不容易呀，大家要真的言之有物，聊真正的話題，議論也要用合情合理的句子，錄音師會捕捉到什麼樣的句子和音量無法控制，所以得大家都配合好才行。大家十分賣力地演完，工作人員讓大家回到對街的場地休息換衣服，把我們的個人資料都核對無誤後，才謝謝大家，宣布任務完成，可以解散回家了！這時已夜幕低垂，一天已經結束。我們高興地離開拍攝場地，所有工作人員仍繼續忙進忙出，我們雖覺得這個經驗十分有趣，但也很慶幸工作完成。拍電影真是累人的差事，兩天已經讓我們感覺到疲累，如果像製片組人員及主要演員那樣早晚日夜密集趕工，拍完一定是累到脫一層皮。

之後不久，便收到兩天的薪資，認真說來算是不錯的。然後便忘了這件事。差不多一年後，忽然聽說有部 Didier Bourdon 主演的片子要上映了，才忽然想起，啊，這應該就是客串臨時演員的那部片吧，這時才總算知道電影的真正片名：*Bouquet Final*。跑去戲院看看最後到底把我們的鏡頭剪成什麼樣，才終於了解了故事全貌。原來我們參與演出的只是那麼小一部分，連主線都稱不上。經過剪接，其實真正看得到自己的鏡頭，嚴格說起來不超過五秒鐘吧，這還包括只有露出跳舞腳步的部分！哇，辛苦拍攝兩天的成果，竟然就只有這樣的呈現！難怪電影工業得砸大錢，一點點的成果，背後需投入的資金、人力與精力，簡直讓平常人難以想像。由於當臨時演員的機緣，才讓我窺見電影工業龐大複雜組織的運作片段，也讓我深深體會到電影創作的艱辛，除了導演及演員這些外顯引人注意的部分外，還需要大量幕後工作人員努力，以及整個工作團隊全心全力協調配合，才能製作出一部精采的影片。除了拍片現場，還有前置作業及後段技術處理，資金來源及運用，製作一部電影，大概各領域的人才都需要，電影工業真可謂是社會架構面貌的縮影了。

對知情的朋友來說，雖然我只有露臉幾秒鐘，他們還是對於能在銀幕上看到自己的朋友，感到非常興奮。我呢，倒沒有特別興奮，只是對於自己能擁有這樣寶貴的拍片經驗，十分珍惜。現在的我，在看法國電影、談及電影工業時，除了比一般人更多了一層記憶孕生出的感觸外，還多了一份溫柔的心情。畢竟，我也曾經從台下走到台上，置身其中。

二〇一一年十月於巴黎

13

戀舞：

當佛朗明哥舞

走進我的生命……

七月初第一個週末，三十幾度的高溫，巴黎難得的晴朗豔陽，似乎也在鼓舞著我們：那天正是我們佛朗明哥舞蹈班的學年成果發表日，所有參與的學生，包括我自己及老師，大家都既興奮又緊張。手腳微微顫抖，說話的聲調漂浮著。其實並非正式的表演，但卻是第一次演出如此高難度完整的 Soleá，長達十五分鐘。一間簡單而普通的舞蹈教室，沒有劇場舞台的華麗，也沒有炫目的燈光，請來參觀的都是親朋好友，就在教室周圍的長條凳上安坐，不必付入場費，但也沒有豪華舒適的扶手椅。受限於經費，那天是首度就表演的舞步與請來的專業吉他手和歌者搭配。我們想要呈現的，並不是完美無缺點的舞台表演，而希望讓來觀賞的友朋們能真正目睹佛朗明哥舞蹈、音樂與歌唱三元素的協調融合過程，參與其既嚴謹又隨興的創作跡痕，在既定的結構上有時增減舞步，加幾句歌詠，插一段或婉約或俏皮的吉他旋律。三方需不斷討論磨合，何時誰出場當主角，何時該快該慢，何時需要誰烘襯支援，可能是點出強拍，可能是自由發揮引導出舞步空白時的情感。這樣的成果發表方式，看來似乎不大正式，讓身為舞者的學生們省去粉墨登場的巨大壓力，但緊張依舊，表演前的練習也從沒少過。不過，誠實說起來，也許，這樣「不正式」的呈現，其實更接近佛朗明哥舞的核心精神，與吉普賽人相聚悲歌歡舞的原始型式更神似。

佛朗明哥本來就非一般的表演與觀眾二分型式，佛朗明哥的源頭即是同樂同悲，參與者便是表演者，既以音樂或肢體表現自己的心情，也同時觀賞、參與、融入他人的展演。佛朗明哥是互動的，相互配合的，在每一輪不同的出場中突顯一方，烘托一方，然後角色互換。時為主角，時為配角。因此，沒有不重要的角色，每一環都必須盡力演出配合，哪一個節骨眼出了毛病，馬上影響到其他部分，只有當所有參與者都盡興盡力，才能領略完美，從沒有犧牲配角成就主角風華這種事。

這樣的處世風格，自然也讓佛朗明哥在舞蹈的世界中顯得格格不入，加上需要特殊的地板來配合其獨特的舞步聲響，更使佛朗明哥常惹人或閒話或側目，落得離群索居的下場。

小眾、具有離群索居情調的佛朗明哥舞，也自然地吸引了獨居巴黎、念冷門文學的我。

第一回走進佛朗明哥的世界是在二〇〇〇年吧。偶然在自家信箱發現鄰近舞蹈社的課程宣傳單。隻身來法求學的我，已進入博士班階段，平時除了上課就是兼職工作，要不就得窩在家悶讀苦寫，老是坐著不動的靜態生活，著實欠缺運動放鬆的機會，光靠三不五時的散步，似乎也稱不上運動的境地。可是在彈丸之地的巴黎，球類運動既缺場地又要麻煩找伴，我也沒什麼天賦，作罷；游泳雖然一人即可成行，市立泳池也不貴，但若無友朋相伴，也甚寂寥無趣，難以持久。至於舞蹈，卻是我從小到大斷斷續續都有接觸的啊，我喜愛音樂，又熱中學習，那不如去學個舞吧！既能運動又兼學習，一定有趣多了。那張舞蹈社宣傳單簡直就像天外飛來的靈感，神來一筆，為枯燥生活摻點鮮涼的瓊漿玉露，教我喜不自勝。問題是：學什麼舞好呢？為了省去找伴練習的麻煩，所有需要舞伴的舞馬上從名單上刪除。不要西方的古典舞，也不要那種需要從小學舞西方身段的。剩下不多的選項裡，根據我有空的時間來取捨，再加上一點點直覺，佛朗明哥舞就成了最後的決定。並不是因為我對佛朗明哥舞有什麼認識，或對西班牙文化有特殊的憧憬，完全懵懂無知的我，其實只是誤打誤撞一頭栽進了佛朗明哥舞的神祕世界。還記得去舞蹈社問情況報名時，特別問了櫃檯工作人員應穿著的服裝、鞋子等，沒想到連工作人員都對佛朗明哥舞毫無認知，竟告訴我穿普通的運動衣及襪子即可！真是大錯特錯，後來每次回想起這段小插曲，都不禁令我啞然失笑。學佛朗明哥舞，沒有鞋子怎麼行？而且是要有跟的鞋，鞋尖底部與鞋跟上還要打滿釘子才成，那便是佛朗明哥舞最基本的足音來源啊！沒有精準乾淨的足音，怎有佛朗明哥舞？開玩笑！

記得入門第一課便是著名的 Sevillana 舞，有固定舞步，三拍，其實並不算難，然而許多學生都是來試了一兩次後便因難退卻。不久，開始學四拍的 Tangos，才初嘗真正佛朗明哥舞的腳步踢踏滋味。節奏感不錯，聽音記憶力也行的我，馬上在複雜的佛朗明哥舞步組成中，窺見興味盎然的挑戰，喜歡嘗試與挑戰的本性使我一陷下去，便無可自拔地愈行愈遠，愈遠愈行。

初學時，便跟隨當時的老師，上了一堂簡介佛朗明哥歷史與音樂結構分類的課，才一腳剛踏進佛朗明哥舞世界的我，真是看了一個頭兩個大，那一個個代表不同節奏與不同地區的樂調（Palo）名字，對我來說根本如同有字天書，儘管老師很費力地一一找出對應的音樂播放給我們聆聽，什麼 Soleá、Alegría、Tarantos……，還是都如無根浮萍般，無法在我的記憶田裡扎根停駐。這些樂調除了節拍有異，可分為三拍、四拍、五拍（其實是十二拍）及十二拍之外，在同樣拍子的情況下，怎樣才能根據旋律分辨出它們是不同的樂調，並正確指出其名呢？最難的是要正確的數出拍子呀，十二拍的第一拍在哪裡，不同樂調間的重音拍又不同，這些都要能夠聽出來才有辦法跳舞啊！然而，在最初始，種種都像糾結纏裹的線團，混沌不清。從來沒學過這麼麻煩的舞！更從來沒想過天下竟然有十二拍的樂曲，還要用來跳舞！

面對這種難解的局面，除了硬著頭皮面對，也沒有別的辦法。我採取了最笨也是最直接的方法：聽音樂。不停歇不間斷地聽，聽的時候先默記下樂調名，漸漸變成在聽的時候猜出樂調。聽的時候嘴巴也很忙碌，從一開始數出正確的拍子，到後來還要能試著用手掌擊出不同重音。從莫名所以，到逐漸能分辨出樂調，再到足以指名道姓的階段，真是不知花了多少精力與時間。最初的六個月，真是天天聽，天天數拍子，天天默想這是什麼樂調！當然，只要是課堂上學過的舞步，那個樂調就會變得熟悉，如有吉他手來伴奏，基本的旋律也就了解了。至於到明瞭什麼樣的樂調配哪一類的舞步，應以什麼樣的情緒來詮釋，這已是學了好多年後的事了，因為每一種樂調都需要花時間去認識、學習，一年中能學得的樂調並不多，要把不同的樂調都學過，沒有數年的時間還真的不可能呢！

學到後來，還加入愈來愈多的間拍，或者把一拍切分成二、三或四，複雜度自然也隨級數增加。除了音樂、節拍，最緊要的當然還是能準確地把手腳動作做出來呀，不然怎能稱作「跳舞」呢？佛朗明哥舞通常從複雜的腳步開始學起，足音是基本，而且拍子一定要踩準，否則皆是白搭。佛朗明哥舞與其他的舞最不一樣的地方在於：你可以忘記舞步，左右相反，腳尖足跟錯置導致聲音不同，都不是嚴重的問題，但是絕對不能踏錯拍子，踩錯重音，那就大錯特錯，無可救藥了。腳步會了再加入手、腕、臂、腰、臀、頭及眼光，手腳要協調還真是困難重重，常常一加入手的動作，原本會了的腳步又亂成一片。之後還要求眼光、情感。如果再加上擺裙、掌擊的細節，那更是學得七手八腳，學生叫苦連天哪！姿勢、身段、耐力，也是技巧訓練的一部分，種種皆無可速成，只有練了又練，練了再練。

此外，佛朗明哥舞也是一種很難「即興」表演的舞。這與其音樂的結構有關。佛朗明哥除了舞蹈之外，還有音樂、歌唱、擊掌等不同元素的參與，所有參與者都有「突顯」為主角的時刻，也有任配角陪襯的段落，而這些都表現在樂調緊密的結構中。譬如說一個樂調的 Letras，就像是敘事部分，歌者盡情表述，他的聲音算是整場主角，舞者在此時便以安靜的腳步為主，多為展現情緒與身段的流動舞姿；吉他要表現其獨特的悠揚旋律時，就彈出一段 falseta，這時的主角便是吉他，歌者安靜，舞步也以輕軟為主；Llamada 則是舞者提醒：大家注意，我要開始跳一段新起的舞步囉！或是：我要結束這一段啦！如果是 Escobilla，那就是舞者獨占勝場的時刻，只有吉他跟隨節拍，或甚至僅餘掌擊或 cajón（箱鼓）類的打擊樂器烘襯舞者密密不斷的腳步，連綿變化多端的足音！什麼時候該誰上場演主角，都有定則，不能隨便爭先或任性胡為的。佛朗明哥的三元素——吉他、歌、舞——都可以分開來獨自表演，然而，當三者結合在一起成為佛朗明哥舞時，舞者就有導引全局的重責大任。如果說大部分的舞蹈都是以舞步就音樂，跟隨樂音的快慢及骨幹，攀緣摸索前行，佛朗明哥舞卻正好相反，速度快慢由舞者掌控，吉他配合，更常常是舞者先踩出足音與節奏，吉他隨後跟上，哪裡有特殊的舞步，也請吉他標示重音或特別的旋律加強效果。舞者必須非常了解曲式樂調的結構，始能在其骨架上建構創造出豐富的血肉。其間也常需與歌者、吉他手折衝協調，一同構思、改造，一起探索創作。這種獨特的形式，自然也就難以像其他的舞種那樣，CD片一放，聽到音樂即能翩翩起舞。加上地板與鞋子的限制，佛朗明哥舞要「即興」演出，難上加難！大概只有Buleria這種專為節慶狂歡而生的樂調，擁有「即興」的天性，反覆的曲調，強調誇張的肢體動作，穿插幽默逗趣的小動作或表情，只要能找到「進入音樂的正確方位」，懂得幾個基本經典動作，倒是大家都能隨樂「即興」起舞。也因此，每每佛朗明哥舞表演的末尾，總是以此樂調作結，在熱烈的掌聲安可聲中，不管是誰都可上台秀上一小段，那時才會見識到深藏不露身手不凡的歌者踢踏一番，或伴奏久了也能把腳步模仿得有形有樣的吉他手，甚至腳癢的觀眾也能衝上前激舞一節，在

Bulería的氛圍中，只有接納、鼓舞、掌聲和歡叫。

多年的學舞期間，我也不例外，曾前往西班牙安達魯西亞取經，參與短期密集班，一邊享受純粹的佛朗明哥氣息薰陶，一邊浸淫於肢體痠麻的痛苦中。每天疲累地走回住處，再微笑檢視：啊，今天大腿又多出兩塊烏青，咦，右腳大拇趾的指甲何時從中斷裂一半啦，嘿，腳底板動作過多這幾天腫痛到鞋都不想穿了……。檢視完滿布的傷痕後，再心滿意足拿出西班牙文課作業用功，想著明天可以用西班牙文問老師什麼問題，雀躍發現舞蹈課時老師講的西文已經愈聽愈明白了。為了學舞，不但得進修語言，還經常落得滿身傷痛，更時時因為某個舞步就是跳不好而沮喪不已，付出的代價不可謂不小。仔細想想，似乎大部分的學舞時間，都處於挫折與失望中，卻還繼續毫不留情的自嘲，快快樂樂的繳學費！有時簡直覺得學佛朗明哥舞的人，根本都是病入膏肓的受虐狂嘛！

誠然，我並非專業舞者，也不是舞蹈科班出身，雖然有學的熱情，卻也只能把佛朗明哥舞當成是一種「休閒娛樂」，既沒有經濟能力負擔太多的課時，也沒有辦法把精力都花在練習上。僅能做到「盡力而為」，在荷包與時間的角力間，偷取點滴歡笑，積累一些難忘的經驗。所以，學了那麼多年的佛朗明哥舞，儘管對複雜舞步的接受度比以前好，舞藝並不能算精湛。真正要表演的話，還是緊張到腳軟手軟，舞步錯亂，記憶一片空白。沒有足夠的架勢，身形亦不夠優美。學過的舞步因缺乏練習而迅速遺忘，也還不到創作組構舞曲的火候。只是持續鬆散的、升斗小民式的學習。我沒有成為專業舞者的野心，也沒有當舞蹈老師的企圖，學佛朗明哥舞，真的只是業餘的熱情而已。學生時代還撥得出時間到西班牙參與密集班訓練，不再是學生身分後，為五斗米打拚，又成了家，已很難再如以往丟下工作、家人，隨興出走。近幾年除了每週按時上課外，或零星的邀請舞者特別課，很難再圖其他的進修機會。不過，這麼多年來，不管在多麼挫折毫無成就感的低迷情況下，我都堅持學下去，從未退縮放棄，這一點倒是非常令我自己對自己感到驕傲。也許，學佛朗明哥舞對我來說，最大的回饋並不在舞蹈的習成，而是透過習舞過程，必須不斷地懇切面對自己，重新認識自己，超越自己，終於能進而慢慢學會如何心身協調，思體和諧，創作出自己的人生面貌，歲月舞步。一個總是習慣以腦思考，以筆書寫的文學人，與舞為伴之後，才發覺身體的思緒更敏銳，創作更是源於肢體的內在悸動。身感心感，身體不思索，不感觸，便遠離了創作的泉源。從小到大只重智識，壓抑身體感應力的偏廢與殘缺，直到長大成人，因著學舞，學佛朗明哥舞，才得償彌補

佛朗明哥舞不僅是跳舞，也不只是隨音樂起舞，而是用身體的不同部位，不同特質，來創作音樂。

平衡的機會。

名佛朗明哥舞者 Israel Galván，也是我現在老師的老師，在一個紀錄片的訪談中提到：「在寂靜中，其實佛朗明哥舞者便是創造音樂的人。」佛朗明哥舞不僅只是跳舞，不只隨樂起舞，而是用身體的不同部位，不同特質，來創作音樂，組建新節奏新律動，書寫源源不絕的生命情調。如果作家是用書寫來創作，編織生命的意義，那麼，我們也可以說，佛朗明哥舞者是用身體來書寫意義，創作人生音樂的不懈作家。

於是，我總算明白，為什麼我注定要走進佛朗明哥舞的世界：愛戀寫的人，又怎麼能不愛戀舞呢！

二〇〇九年七月於巴黎

14

巴黎，
一個小小中文老師的回顧

轉眼間，來到法國已將近十五載，果真是光陰似箭，還未看清路上種種風景，十數年的青春歲月已然在這異國的土地上流逝不見。再細數這些年來做過最長久的工作，要算是中文老師了。踏入華語教學這一行完全是偶然，剛到巴黎一年多，聽認識的友人談起，當時的巴黎華僑文教中心需要培養新的中文老師，暑期學生夏令營也需要義工老師幫忙，沒有多想，便參與了夏令營活動，也自告奮勇接下了高級班的中文教學。其實只有幾天簡單的課程，加上最後規畫小朋友的戲劇發表，沒想到這一教，便一頭栽進了華語教學的世界，到今天已是十三個年頭。

從開始的青澀摸索，到今天有點小小的資歷，一路皆是湊巧，無心插柳柳成蔭，不但持續地教了下來，還教到成了小小專業，真是始料未及。以前教的小學生，現在已是成熟的大學生，甚至在十三區的中國餐館吃飯，還有以前教過的學生剛好打工當服務生，畢恭畢敬來打招呼，殷勤服務我們這一桌，絲毫不敢怠慢，讓我嘗到做老師的「特權」，只不過以前的小毛頭長那麼大，我早就認不得了，看著眼前禮數周到的學生，實在是不能相信那曾經是自己教過的小毛頭，也僅能私自慨嘆「真是老了」！有時候，走在路上或參加有台灣人配偶的聚會，也會有熟面孔來打招呼：「謝老師，我是你以前成人班的學生……」這種情況下，要是還記得中文名字也罷，最怕的是名字也成了混雜繁星的一部分，怎麼也想不起來，就只能陪笑道歉了。

很多人問我：「你的學生年齡層如何？背景如何？」我每次都不知從何答起。教過的學生年齡從四歲幼兒到退休六七十歲的成人都有，有學生，有退休老師，有開餐館的，有電腦工程師，有公司總裁，也有警察；有華裔第二第三甚至第四代，有混血兒，當然也有歐洲人、美洲人、亞洲人、非洲人，法國、希臘、俄國、西班牙、巴西、英國、美國、日本、韓國、越南、柬埔寨、寮國、模里西斯，各國人種都碰過。在巴黎這麼國際化的都市，其實這樣的情況也很正常。

第一年還是菜鳥老師時，接了郊區中文學校的兩個初級班和一個幼幼班。我其實在台灣時教過兒童英文班，也接過家教，擔任過社團指導老師，不算對教學沒有經驗。可是，對著不會中文的一班學生，要怎麼讓他們慢慢學會中文的聽說讀寫，又要嚴格又要上課有趣不無聊，所有的課程，都得預先準備設計好，流程更要事先想好，才不會臨場手忙腳亂。那時雖沒有到像一般公立小學老師寫教案的地步，還是私下把教學的安排進程都做了簡單的筆記。幼兒班是四歲到六歲的小娃兒，連寫字都還不太會，上課目的只是讓他們有個聽說中文的環境，也慢慢把注音符號和一些日常生活字彙，加進課程中，讓他們不知不覺融入中文。但是這個年齡的小朋友，要他們兩小時內乖乖坐著聽課，那是絕不可能的，又有多達三十個學童，只要有一個人吵鬧，全班就會亂成一團。所以要教這一班，老師得「十項全能」，要帶他們唱歌、跳舞、做遊戲，還要教他們畫畫、做卡片、摺紙、勞作，碰到特殊年節，還要說故事，最好還能把配合節慶的食物、道具都準備好，學生才會更有興趣。而所有的活動都要能跟「學中文」扯上關係，只是不讓他們覺得他們正在學，最好是每次上課都玩得很高興，玩一玩中文句子就自動跑出來，那我們做老師的可就太欣慰了。那時候，有兩件事讓我印象非常深刻。有一對小兄弟一起來上課，弟弟年紀真的很小，還黏著媽媽放不掉，頭三次來，簡直是哭得要命，彷彿生離死別似的哭，可以大哭上半小時。後來漸漸不怕了，哭的時間變短，最後變得很喜歡上課，尤其黏老師，常常自己做些小卡，畫張小圖，下課後不敢自己拿來，一定要媽媽陪著來送給老師，即使再累，看到他的小心意，我也感動得心都要融化了。另外一件，則有關於小朋友的超強學習力。每次上課前，我都會把自己錄好的整本書課文播放給小朋友聽，希望他們能夠熟悉中文音調和發音。有一回，因為有人踩到電線還是怎麼樣，錄音帶中斷了，沒想到全班小朋友竟然自動自發地接下去念，一字不漏背完整本書！天啊，我從來沒有要求他們背過書，沒想到只是這樣反覆聽，他們就自然學會了！小朋友的學習力吸收力之強，令我驚訝不已。

那時最糟的是初級班，大部分的情況下，學校都會將年齡分層，小學生和中學生基本上不會排在同一班。不巧我那一年教書，由於學生的時間排不出來，有一班竟然出現五歲多的小朋友跟十五、十七歲的青少年同班上課的情況，令人傻眼。後來只得採取分組分級的方式，對不同年齡層施以不同的教法解釋，作業與要求也不同等級。這一班學生其實都滿乖的，只有最大的那個學生，上課總是遲到、缺課，一直說話打擾別的同學。但是我可以感覺到，其實他是非常缺乏自信的小孩，也很需要大人的注意和鼓勵。家長也許都很忙，沒時間照管他吧，所以我也隱約感到他需要有人告訴他什麼事該做，該怎麼做，什麼事不該做。雖然我都盡量鼓勵他，也盯著他做作業，但有時還是得嚴詞糾正他，要他遵守上課的秩序。我看起來真的是個不凶也不太會大聲的老師，沒想到，有一回上課，這個學生又壞習慣附身，一直不斷說話打擾別人，還一直做別的事，屢勸不聽，後來我真的火大了，用非常高聲非常嚴厲的語調對他吼：「要是不想上課的話就出去，不要在那裡打擾別人！」全班都傻了，我也被自己的氣勢嚇到了，他一下子臉也掛不住，就收拾書包出去了。下課後，我還很緊張地告訴校長這件事，想說這個學生會不會從此以後就不來上課了，校長安慰我，告訴我學生的家庭背景，但也說中文學校不是義務教育，如果這麼不願學，這樣的學生不來也罷。可是畢竟是自己的學生，就像自己的小孩一樣，罵是罵，仍舊十分掛心。擔心了一禮拜，隔週的課，這名學生若無其事回來上課了，態度也明顯收斂不少。我突然明白，他從小到大可能父母從來沒時間管他，他其實多麼希望有人能注意他，給他規定，管教他。而中文學校的老師，或許是唯一會婆婆媽媽管他、念他、教他的人，他就算學得不好，也還是會心甘情願地回來上課，因為這裡是有關心和溫暖的地方。而這樣的學生非常多，很多開餐館的父母，每天恐怕見不到小孩幾面，如果又有離婚、生病等家庭變故，小孩在學校的行為馬上就反應出來。有的小孩突然變得反叛，有的突然滿口髒話、態度不屑，通常就是家裡出了問題。一般法國學校的老師似乎沒有像我們那麼雞婆，或許也有和華裔家長語言不通的問題，中文老師常常成了第一線找家長溝通的人。

不過，這種同時關心小孩成長背景的教學態度，在台灣或亞洲社會如果算是稀鬆平常，在一般的法國院校可就有點異類了。曾經在一所天主教私立高中附設的 Classe préparatoire pour HEC（法國高中會考後，如要考最好的商業高等學院，都要進這種學校就讀，通常得準備兩年才考得上理想的學院）兼過中文課。這種程度的語言考試，如果選第二外國語程度（langue vivante 2），又是中文的話，已經非常難，所以能考的學生自然也少，以那一年出爐的統計，前一年度的中文考生在大巴黎區只有二十四名。所以學校也是當學生有需要時，才請老師。結果我去了一看，只有一名學生，真是一對一優質教學了。這個學生出生在華人家庭，是母語為華語的中國人，只是因為生長在法國，所以讀寫程度差，說話也不算太流利，但是也非得起碼有這樣的程度了，才有條件準備商業高等學院入學第二外國語的考試。這個考試最難的部分應該在申論題，申論題通常都必須分析社會現況，然後再論述自己的想法，寫作能力不好是寫不出東西來的。問題是，在這裡學中文的學生，大部分能把中文字正確寫出來已屬難能可貴，還要把一篇短文寫得可讀、流暢，那可是難上加難。唯一的辦法是從基本功練起。作文要寫好，一定要有自己的想法，還要能用簡明的字句，條理清晰地陳述意見。除了多讀書，多思考，多練習發表意見，沒有別的辦法。我那時暗忖，這個年級的學生，也有十八、十九歲了吧，成年，也算是大人了。沒想到，接觸過後才發現，其實他們只是看來像大人，事實上整個思想都還不夠成熟，有時甚至非常孩子氣，對未來也沒認真想過，自然也不擅於表達自己對現今社會的看法，即使用法文都不太行，更不用說中文了。對我來說，這樣的狀況，得從根救起，也就是除了一般的語法閱讀訓練等等之外，還得鼓勵學生思考，並且用言語有系統地表達出來。訓練表達，當然得從學生有興趣的部分下手最有效，於是我也開始試著了解學生的家庭背景、對未來的夢想、目前學習的困難處等等，好激勵他針對自己的長處發揮。學生一開始對我的詢問還吞吞吐吐，似乎不大相信有老師會關心他的興趣和想法。後來我才慢慢發現他對中國現代史的強烈興趣，就加強了這部分閱讀的比重。在他為考試低分喪氣時，用他對未來的夢想來鼓勵他努力下去，還教他怎麼分配時間讀書複習，怎麼補救自己的弱點科目，卻不犧牲拿手科目的優勢。有時簡直就像個婆婆媽媽一樣，關心他的生活和作息。總是覺得不能只做個教書匠，而是人師，希望能透過教學，培養他看世界的不同眼光和胸襟，我自然要先了解他這個人，才有辦法因材施教。反過來說，學生有了自信和看世界的不同眼光，才能發展出獨特的想法，也才能把創見透過語文，反應在作文論述上。有一陣子，他因為情緒不穩，蹺課遲到，我除了跟教務處的祕書反映，也跟學務長約談，想多了解一下學生是否家裡出了什麼變故，或是最近遭遇了什麼狀況。不過，跟學務長會談後，我馬上發現他的不自然，對我的關心也是三言兩語帶過。或許，在法國學校裡，老師和學生的關係是不需要那麼密切的，書教好即可，不必介入那

1

1&2. 近十年來，法國學習中文的人口增加，也舉辦了書法比賽和朗讀比賽。

2

麼多。這也算是文化差異的一種吧。

如果是教成人的話，教學方法自然又大不相同。成人需要有系統的語法解釋來幫助他們理解，所以老師也必須能夠用深入淺出的方式，把語法理論歸納整理出來。假如懂得學生的母語，那麼在教學時就比較能用對比的方法，讓他們了解兩種語文的相異處，也比較能抓住他們學習的弱點，學生容易犯錯的地方，通常就是因為他們本身的母語沒有類似的對照點。本身喜歡學語文的我，也常常在幫助學生的同時，享受到教學相長的樂趣。譬如教法國學生和英語系學生時，有一些教學重點就不一樣，學生有困難的地方也不盡相同。本身學過多種語言的學生，學起中文來，通常也比較容易。

一般成人中文的小班教學，一星期只有一個半小時到兩小時的課，一學年從十月到六月，沒有多少課時，放完長長的暑假，學生回來上課，前面學過的東西已忘掉一半。通常學生如果沒有到中國或台灣密集進修，又沒有接觸中文環境機會的話，學習成果相當有限。以我的經驗來說，學習成果最好的，還是公司在職訓練體制下，一對一的中文課。在法國的公司行號，所有的員工都享有在職訓練的福利，舉凡語文學習、表達技巧、放鬆減壓、電腦程式運用，只要是能跟工作領域扯上一點關係，提升工作效率與能力的，都可以向公司申請在職訓練課程，由公司核准後負責找老師，費用也由公司負擔，而公司可向政府申請減免稅額。英語課程自然是最最熱門的課種之一，因此專門的語文中心也應運而生，通常在英語課發展到一定規模後，也會逐漸加入其他語種，回應公司不同的需求。近十年來，對中文課的需求也漸漸增加。不過，通常能要求學中文的人，在公司都有一定的層級，由於得面對華語客戶，才有權利要求中文課，而且因為有勇氣學的人不多，常常也都只有一到三人，對公司來說費用高昂，結果我面對的學生，常常不是公司老闆就是總經理一類，偶爾也有資淺一點的員工沾光一起上課，但是可能由於公司預算的關係，而上不了太久。另外也有律師事務所的律師學生，或是即將外派的年輕員工。踏進這個特殊的教學領域，也是相當偶然。二〇〇一年，在朋友的介紹下接受了一家語言中心的面試，便一路教了下來。這種形式的中文課比較自由，教材可以由老師跟學生一起商量決定，學生也可以要求加重聽說的訓練而減少讀寫的分量，畢竟以對工作有助益為前提，當然是立竿見影的部分比較重要。主題自然也和一般的團體課稍有不同，商業、訂旅館、打電話這類實用的情境對話，就變得相對重要。另外就是挑戰性高，老師的教學如果不夠好，要公司續約自然很難。不過假如公司小氣的話，學生可能學個一兩期就因為公司預算不夠而被迫停學。當然，這麼多的學生裡，也有例外的情況。我的第一位在職訓練中文課學生，由於負責大陸的客戶，可以一學就持續三年半，直學到他外派亞洲為止。這個學生本身是法國的名校出身，又會數種語言，學起中文來也是相當有天分。他從最基本的注音、拼音開始學起，腳踏實地從正體字入手，之後才慢慢對照簡體字，加上自己努力勤讀，三年的課程後，我們甚至一起讀過一小段高行健的《靈山》（出於對諾貝爾文學獎作者的好奇），許多成語故事，蘇軾的詞，李白的詩，還有為了明瞭「孝」字的意涵而讀的幾段《論語》。他那時為了有系統地複習所學詞彙，自己用電腦整理出一本詞彙庫來，相當方便好用，我看了目瞪口呆，直跟他說可以拿去出書，那不知能造福多少中文學生。他外派新職位前，在大陸客戶那裡有場告別演說，比較好玩的是，因為工作的監督性質，他一直刻意隱瞞他學中文的事實，雖然客戶有人懷疑他有學，卻也摸不清他的程度。結果，那場演說像往常一樣以英文起了頭，然後他向翻譯擺擺手示意後，便繼續以流利的中文接下講詞，內容是我幫他修改潤飾過的，他也在課上練習過，所以我知道水準如何，他描述，當他講完下台，真的是所有人都愣在那裡，說不出一句話，簡直像是投了一顆炸彈般，大家都震驚不已，翻譯坐在旁邊嚇了一大跳，發現自己的多餘。我們師生兩個倒是在課堂上笑得神采飛揚，彷彿一道經歷了一場盛大的合謀。這個學生教到後來也教成了朋友，跟他全家大小，相處融洽，我自己的婚禮，他們夫妻倆是主桌的貴客，他們也趁駐韓國工作期間，特別到台灣旅行。接風的晚餐，我爸媽也在場，連非常害怕跟外國人講話講不清的媽媽，也對他中文之好佩服得五體投地，整晚對著他說不停，快樂極了。有這樣特殊的教學經驗及師生關係，的確也是這些年來最彌足珍貴的一頁。

跟成人班學生的互動，如果持續好幾年，真的會建立起某種友誼。有了感情就有了牽掛。假如學生發生了什麼事故或生了重病，做老師的也會悲傷不已。像前幾年教到一個有博士學位的高材生，他有些木訥，但是很認真。第三年的課程開始，答應來註冊上課的他卻沒消息，發了電子郵件給他，也毫無回音，我直覺有什麼問題，卻也不知從何打聽起。只想他也許事情太忙，換了工作什麼的，不克前來上課吧。沒想到三個月後，突然接到一封從他的郵箱發的信，卻出自他母親之手。他母親說他已因皮膚癌急速惡化去世！整理他的東西時發現我給他發的信，想到他對學中文的熱愛，想到他病中還不斷念著，出院後要趕快回去上課，想到他描述多次的老師同學，覺得應該告訴老師這個消息，彷彿為兒子未竟之事解釋似的，也希望我能去參加他的告別式。我讀到這封信時整個人震驚無言，有好一陣子腦中一片空白，怎麼樣也無法把一個還未四十歲的年輕生命與死亡畫上等號。真希望這只是一個惡質的玩笑。然而這卻是無法逃躲的殘酷事實。完全沒有任何心理準備的我，像是被人當頭重擊在地，好多天消沉慨嘆，悲生命之無常，傷青春殞落之不堪。他的告別式我特地趕去，見到他眾多的家人朋友，向他母親鄭重致哀。他母親見到我就像完成了某個誓約般鬆了口氣，我這才發現，中文課在他兒子生命的最後兩年，占了多大的分量，沒能繼續上課於他又是多大的遺憾。而最大的遺憾還是，在他還來不及告別，就得匆匆與世界揮手，生生撕裂。生命在病痛前，何其脆弱，而我們以為可揮霍的人生，又是何其短暫！

面對學生死亡的消息自是震驚心傷，但是最最煎熬難忍的，卻是面對學生的病痛。

三年多前又是因緣湊巧接了一個家教。通常我是不大喜歡接家教的，一方面是因為我喜歡有申報有薪水單的正式工作，二方面是不喜歡家教不穩定及缺乏保障的工作環境。那次是因為一位文教中心的中文老師同事即將遠嫁美國，臨走前找人代課，把她原本的所有課時接下來。她問我能不能接個家教，我跟她說明了不接家教的立場後，她還是拜託我一定要至少去一次，再決定要不要拒絕，還直稱讚家教的學生。我覺得奇怪，她也才不過去教了兩個月吧，沒上過幾堂課，為什麼那麼堅持一定要我把課時接下來呢？學生有什麼樣的魔力，那麼吸引人？我勉為其難去上了一次課，果然是令人印象深刻的學生組合：那是一對美國人祖孫，奶奶和小孫子，因為爺爺以前是外交官，他們在泰國時，曾經上過那裡的中文學校學過中文！孫子的爸爸和捷克人媽媽，一同在法國開餐廳。一家人每個成員都會好幾種語言，這個小孫子除了英法雙語毫無問題外，中文不但學得快又好，發音更是幾乎沒什麼外國腔調。奶奶不但見多識廣，待人又誠懇有禮，看得出來十分注重孫子的教養及教育。我只去了第一次就招架不住，這對祖孫學生的魅力完全無法抵擋，我也說不出拒絕的話，從此一教就教了三年多，直到現在。與這對有畫畫天分又超級有創意的祖孫學生上課，真是樂趣無窮，他們總有無盡的新點子，也激發我許多教學創意。我們一起學過書法，做過書法配插畫的卡片，他們自己試刻過印章，我教孫子寫過小詩，還把寫好的詩拿來唱，要不就是把現成的兒歌填入他喜歡的新詞譜成新歌，錄製成禮物唱片。他們背過唐詩，學過數來寶、繞口令，還編過好幾幕的火龍家族故事劇，

1&2. 牆上是這對祖孫們的中文傑作。

3. 與這對有畫畫天分又超級有創意的祖孫學生上課，樂趣無窮。

兩人興高采烈做道具配樂演出，一人分飾多角，也演得熱熱鬧鬧，一旁還有爺爺幫忙攝影記錄呢！最近的這次耶誕節，除了像去年那樣製作一本禮物書送給爸媽之外，更配合孫子的吉他課，讓他自彈自唱自己換了詞的幾首歌，連我這個老師都一起玩得很高興！去年孫子學校的中文作文比賽，我教他把暑假的雲南大理行寫成遊記，再配上照片，還研究怎麼排版比較好看，玩了好幾個星期，果然得了前三名大獎回來，他也樂不可支。令人難過的是奶奶從去年以來就為病痛折磨，而且每況愈下，從剛開始偶爾無法跟課，到後來必須臥床休息，她才告訴我她是肺癌復發，四年前醫生便已宣判她只能再活幾個月，沒想到後來奇蹟似地病癒，她又多活了三年多，直到最近才復發，她已經很滿足，也很感謝天主了！我聽了只覺得上天真不公平，像她這樣生活規律健康，又天性樂觀處事積極的人，怎麼偏偏得承受不治之症的磨難呢？她做化療幾個月後，又照放射線，日漸消瘦之外，頭髮也跟著掉落，後來又因為病症侵襲神經，而完全無法行走，必須使用輪椅。每一次去他們家上課，看到她的景況，都讓我心糾結成一團，難過不已。兩星期前，到了他家樓下，我照例打電話請孫子下樓來幫我開門，沒想到電話沒人接，對講機也無人回應。我整個人僵在那裡，非常不好的預感。試打了爺爺的手機，他一時完全沒認出我是誰，聽他的聲音微弱渺遠，很是消沉，才知道他們都在醫院，奶奶當天早上因為發燒狀況危險，緊急送醫。我真的是心焦如焚，很想趕去醫院探望，又怕打擾。真怕見不到奶奶最後一面了。幸好後來只是虛驚一場。奶奶隔天便要求出院回家。接下來那次上課，家裡多了張醫院的病床，奶奶躺在大床中間，更形瘦弱，我握著她骨瘦如柴的手，什麼安慰的話都擠不出來，眼淚差點掉下來。可是意志力堅強如鐵的奶奶都還在笑呢，我怎能哭，只能打起精神上課，也算是給孫子及爺爺一個精神支柱。上課途中，兩名護士到家裡打針換藥，我趕緊跟孫子換位子，不讓他直視奶奶的身影，還故作鎮定，沒事人似的繼續低頭上課，我知道我不能停，不能抬眼看，不能分心去想，怕一不注意，那個會當場崩潰的人可能就是我。看著奶奶的現況，大家都不敢抱太大的希望，可是沒有人願意相信命運。如果四年前她能逃過一劫，這一回為什麼不呢？教書教到建立起有若親人般的感情，真的不是常有的事。只不過關係愈緊密，痛就愈深刻。「一日為師，終身為父」這句話，把師生關係的密切用親情來比擬，果然是其來有自，一點也不誇大了。

教書的確是我鍾愛的工作，雖然華語教學跟我的所學並不算完全扣合，也不是我想一輩子做下去的領域，但是如果領域換成了自己的專業文學，我倒是可以長長久久心甘情願教下去。教學相長，在教的同時其實老師也不斷地學習成長，與學生的互動，和一般公司員工間的相處畢竟不同，多了分赤裸誠摯，還多了許多牽絆。這麼多年來，學生教會了我如許多生老病死的人情世故及人生功課。我只是幫助他們在華語學習上長進一些，他們卻與我分享了那麼豐富的喜悅、驚奇，也教會我接受人生的缺陷，面對不足該有的包容及豁達。那麼多的互動與生命故事，都緣於師生情誼。常常有學生對我說：「謝謝！」可是今天，藉由這篇小文，我只想謙遜地對所有我教過的學生，表達感激之意，也對他們說聲：「謝謝！」

二〇一一年一月

怎樣奢侈而艱難的夢想！

——法國考駕照經驗談

15

來巴黎留學前，跟許多甫自大學畢業的年輕人一樣，我也想要在台灣先學好開車再出國，可是巴黎的大眾交通運輸實在太方便了，家人覺得反正在那裡不需要開車，並不鼓勵我再花錢去學，這一作罷，沒想到竟成了往後一大噩夢！始料未及。

留學前幾年，課業繁重，也沒有閒錢出去旅行，會不會開車對我來說，倒沒那麼重要。真的要和朋友結伴出門時，又有幸都能找到有車會開車的好友搭檔，也就沒什麼不方便之感。完成博士論文後，決定定居法國，走入柴米油鹽的瑣碎日常生活後，忽然覺得好像真的該去學駕駛了，不然總是把另一半當司機，也不是辦法。可惜那時不知道換成家庭居留身分的第一年，可以直接把台灣駕照換成法國駕照，若是早知道規定有這樣的變通，我無論如何也會利用回台灣的時間把駕照拿到。當然，也是因為那時其實不知道能轉成什麼居留身分，工作？家庭？要不要回台灣？真的要定居嗎？許多的不確定，讓我也無暇想及其他。等到一切安定下來，居留證換到手，這時才有餘暇去想生活上的事。記得應該是和先生認識一年後，我的生日禮物就是「他出錢讓我報名考汽車駕照」。這其實是個很大的禮，因為當時考汽車駕照入門最低基本時數價就已經要六百九十歐元了。那時因為覺得貴，失敗率又高，得花更多錢，又覺得政府應該會改政策，放鬆考照門檻，便一年又一年地拖下來。

中間曾有一次先生去做胃鏡檢查，醫生囑咐必須有人去接他出院，才能放人。我只能接他出院後去坐地鐵，卻沒法開車載他，這時忽然覺得「不會開車還是不行的」，加強了我的決心。後來有一次出國旅行，因為時差，他邊開車已經快打瞌睡了，危險得很，而一旁精神奕奕的我，卻一點也幫不上忙，更讓我感受到學車的急迫性。然而現實中學費之高昂，還是令我退卻。

一直拖到了前年底。忽然看到電視報導法國的駕訓班及政府相關規定，趨勢似乎是政府將更嚴格控管，而學費只會一路上漲，沒有下跌可能。同時，過完四十歲生日了，覺得竟然到了這種歲數還不會開車，簡直是人生的缺憾了，於是決定馬上去報名吧，再貴也只有把錢砸下去了，還好這個累積多年的生日大禮依舊有效。先生很高興地跟著我去家附近的駕訓班問價錢，看場地。因為聽說很多人都拖拖拉拉準備很久，連筆試都考不過，所以網上一家號稱一週五天，密集筆試速成的駕訓學校馬上吸引了我，剛好又在離家十分鐘的路程而已，我們遂先跑去探情況。想不到招牌的五天密集筆試速成班，根本就像是專門騙那些屢考不過的人上鉤的所謂保證班，竟獅子大開口要價一千二百歐元，如果加上上路基本時數，就要兩千五百歐元了哪！簡直把大家當白癡嘛！我和先生不能置信地走出辦公室，到另一家駕訓學校，接待人員只冷冷地報了一般行情的基本價：上路二十小時一千一百九十歐元，三十小時一千三百九十歐元，筆試隨時可以去練習，不限次數，直到考過為止。雖然一切正常，但是完全不知道教學品質，也不知道路考成功率。於是先生乾脆上網查詢大家的評價，探訪各論壇大小意見後，發現有一間離家步行只需十分鐘的駕訓學校，似乎是這附近評價及成功率最高的，學費也屬於一般價位，便決定報名。

沒想到，要報名也沒那麼簡單，不是想報就報得了。首先得先繳費做個五十分鐘的「能力評量」，經過評量後，才能決定要上多少時數，能不能報名。這是什麼規定？如果是曾經學過或沒考上的學員，事先做評估，了解程度也還算是個理由，什麼都不會的初學者要評量什麼呢？根本就是假借名義多賺錢吧！而政府竟然把這項列為強制要求！有經驗的教練，只要在授課前問幾個問題、觀察幾分鐘便能解決的事，竟然要另付五十歐元，多花五十分鐘，天啊，這不是政府與駕訓學校聯合壓榨消費者是什麼？沒辦法，法令規定如此，想報名就得先剝第一層皮，不甘願也不行。

約好評量的時間，我盯著老闆手中那本上課時程表，發現學生上課時程排得滿滿，似乎不容易排上上課時間，心底嘀咕了幾聲。當然，很久以後才知道，報名前最好先詢問清楚駕訓學校有多少輛車，多少教練，因為那不但跟容不容易排上課時間有關，還跟考試名額有關，可惜等到明白箇中奧妙時，為時已晚。

果不其然，所謂評量，對我們這種什麼都沒學過的初學者來說，根本是白費。可是教練還是煞有介事地要求我坐上駕駛座，提了一堆問題，要我示範給他看如何調整座椅、後照鏡等等，還問我會不會發動、把車開出去一類的問題，當然啦，除了安全帶會繫之外，其他都不知道該調整到哪裡，至於車鑰匙，在駕駛座上早坐立不安，深怕壓錯按鈕車子就會衝出去的我，自是連碰都不敢碰了。視力也在檢測項目之內，但並沒有視力圖讓你報字母，只不過隨機指著遠處一輛車的車牌，看你是否答得出正確牌號而已。曾經考過機車駕照似乎也幫我贏得一些分數。最後還有一些自我評量類的問題：平時分不分得清左右、容不容易緊張、會不會情緒化之類，這些真的和學開車需要的時數相關嗎？林林總總的問題，其實不花多少時間，教練乾脆開始教基本調整座椅及後照鏡的適當角度和距離，連怎麼打方向盤的正確交叉角度都一一解釋了。好不容易撐了四十分鐘，簽了一張評量四十五小時基本學習時數的單子給我，一邊還解釋不一定非要報那麼多時數的課（事實上最多也只有三十小時的課程可選），但是我一看結果自然心涼了一截，四十五小時那得花多少錢哪！

一開始，駕訓學校當然不會表現出要你花錢的樣子，我也就和所有人一樣報了三十小時的課程，交了一千三百九十歐元，巴黎近幾年的平均價。很有效率的我，馬上就進入小教室參加筆試的準備課，其實也不算上課，就是仿筆試的 DVD 影片模擬考試，跟正式考試一樣，每一堂都有四十個考題，作答時間加上解釋，恰好也差不多五十分鐘，於是學校每天開放時間的整點都有筆試課可自由參加。想當年在台灣考機車駕照，筆試部分不必準備也考個近滿分，到了法國，不準備的下場就是錯上十幾二十題，而且連題目在問什麼都不懂。要考過筆試，及格要求是四十題中只能錯五題以下，而實際上每一題下又常包括一兩個小題，必須所有小題都正確那一題才算正確，因此難度比想像中更高。這下子才知道原來以前聽到身邊友人怎麼樣都考不過筆試的故事，全不誇張。

從台灣的聯考制度下活過來的我，對區區筆試，當然不怕，高中時連無聊的三民主義都能硬啃死背下來，如今再多交通規則，也要效法當年，全數記憶。先到書店挑了本整理詳細又清楚的交通規則手冊，竟然厚達兩百多頁，涵括十一大範圍，考題平均出自這十一大範圍，舉凡號誌、如何會車、超車、停車、打燈、速限、安全距離、煞車距離、安全駕駛常識、酒精與用藥規範、檢查車況、環保知識，都在考題之列。這麼多要記要背的東西，怎麼考呢？考題通常不是死記即可交差的基礎題型，而需要分析、思考、計算。通常會讓考生觀察一張照片，然後由考生根據路況及照片上顯示的種種線索來分析作答。譬如給你一張駕駛座視野的照片，問你能不能超車，你就得根據後照鏡中的後車距離、視野中的號誌、地上畫的線標或旁邊的指標、有沒有來車、視野好不好等等線索，在幾秒鐘內做出正確的判斷。或者要你依據照片中的狀況判斷要不要打燈、打什麼燈或做出適當的反應。最難的則是在照片上顯示十字路口，分別有車子在路口等候，然後請你排列出誰有優先行駛權，誰又該讓誰。有時候還會玩玩文字遊戲，在「可以」和「必須」間游移，讓你覺得簡直成了法文程度考試。有時除了分析還要能快速心算，在幾秒鐘內根據駕駛人的清醒反應程度、天候，算出該行駛速度下的煞車距離及超車距離。當然，環保的相關數據，違規如何扣點數，危險駕駛的恐怖車禍數據，兒童座椅置放知識，酒精和用藥相關數據及分類，隧道與停車基本知識，都是每次必考的項目。剛開始總是掛一漏萬，考慮到一種情況就忘了考慮別的，要不就是計算太慢，或者問題太複雜反應不過來。後來發現那本交通規則書裡什麼範例都有，最好是整本滾瓜爛熟，作答才有餘裕。結果整本讓我一讀再讀畫滿了重點，有一回教練看到我的書，簡直嘆為觀止，可是不做到這種程度，真的難以考及格哪！

星期一至六，開放時間內，只要有空，我就會去上個一兩堂，經過了近一個月努力終於有時達到只錯五題的程度了，真是好不容易！詢問老闆關於參加正式筆試的報名程序，她看著只報名一個月的我，似乎不相信我達到去考的能力，只叫我慢慢來，必須要在學校裡的正式模擬考連續多次達到錯五題以下的及格程度才行。於是我開始參加每週兩次的模擬考。說也奇怪，明明平時課堂上多半可以達到及格了，模擬考硬是比較困難，頭三回去考竟然都錯到八、九題，簡直氣煞人也。沒關係，拿出高中時代考大學聯考的蠻勁，我就不相信身經百戰的台灣人有考不過的試！總算，在我不懈怠的拚命練習下，終於在模擬考中擠進及格的門檻了！但若是每次都在四、五個錯誤間徘徊，還是太危險，必須精進到僅剩一、二個錯誤才有十足的把握。於是我參加了十次模擬考，連續七次考及格，最好的紀錄是只有一個錯。老闆看著我的成績，也無法找出阻攔的理由，只得馬上幫我排了隔週的筆試場次。這中間，我依然不敢鬆懈，除了去學校上課，還上網做線上模擬考。到了考試前，我起碼已做了八十到一百回合的練習，也就是平均至少三千五百到四千個題目吧！筆試當天，與我同行的還有一個年輕女孩，才剛上大專，聽說她已在前一家駕訓班時考過筆試，但是沒通過，後來那家駕訓班竟然惡性倒閉，她只得換學校重新準備，這次她已經準備了半年，這麼「快」是因為以前已經準備過了！我一聽，這才明白為什麼老闆一副不願讓我參加筆試的樣子，原來大家都要拖上至少半年啊！我才報名不滿兩個月……這……，忽然非常緊張起來。進了考場教室，為了避免同校同學作弊，考官甚至還分配每個考生的座位。作答不用紙筆，而是一個類似遙控器的小黑盒子，上面有數字、確認、更改等按鍵，我則深怕按錯鍵，緊張得手微微顫抖。天啊，大學聯考都沒有那麼緊張好不好！唉，只能怪在法國如果考砸了，要再安排重考日程，可得歷經長時等待哪，所以最好是一試即成，否則可就麻煩了。原本以為正式考試不會像學校模擬考那麼難，沒想到還是有許多刁鑽古怪的題目，作答完畢，我簡直冷汗直流，無法呼吸了。成績是馬上就揭曉的，只消把黑盒子置於考官前的感應器上，考官立刻在眾人面前報出及格與否的結果。到了我們學校，同行的女孩竟然沒考過！幸好接下來報的是我成功考過的好消息，不過礙於旁邊難過的女孩，我也不好意思表現得太興高采烈。回到駕訓學校繳回文件和成績證明，老闆很是欣慰，直說：「你這樣真的算是非常快的了！」好吧，比起一般人拖上半年一年的準備期，看來是很快，但兩個月內做掉三千五百到四千個練習題的蠻勁，卻不是每個人都有吧！

考過筆試，終於可以正大光明上駕駛課了。也許是現在駕訓學校的不成文規定，一般希望學生能先考過筆試再上路學駕駛，至少了解了法規再上路比較安全。但是對出資的老公來說，這樣的規定不合理極了，因為他們二十六年前考照，駕訓班密集訓練兩星期，規則理論及上路駕駛同時進行，第一個星期結束考筆試，第二個星期結束就路考，考不過的人自然也有，但是大部分的學生都可以在兩週的密集訓練後拿到駕照。我只好提醒他：二十六年後的法國駕照，已經成了世界上最難考的駕照之一了。如果以學制來譬喻，考台灣駕照的難度如果是小學程度，簡易方便而快速，那法國駕照恐怕就是博士班等級了吧。最糟的是，除了難考還價昂，如果沒存夠銀子，還是別輕易嘗試。

不過，剛剛筆試及格的我，前景一片光明，並沒有多想，只希望路考也能秉持一貫的效率，快快完成。在準備筆試的第二個月，在我的堅持下，老闆已經勉為其難地讓我開始幾堂初級路上駕駛課了。第一堂是汽車基本機械認識，根本沒離開停車位。之後幾堂，實際上也是由坐副駕駛座的教練駕駛，學生我只負責打方向盤，加上轉彎時該正確做好看後照鏡及轉頭望向視線死角的動作而已。可是沒有實際操縱車子，視線移轉也失去真實感，當然也很難做徹底。前一兩堂只學打方向盤，還情有可原，畢竟上課是直接開上路，以巴黎混亂的路況來看，頭兩堂課的確像是震撼教育。有一次上路的時間碰巧是下午四點，所有學校放學的時刻，家長和小學生全部湧上街頭，法國人又常常不管號誌燈，隨意穿越馬路，看著滿街不顧前也不顧後的亂竄小孩，和追、拉、拖著小孩的分心家長，加上不勝枚舉的違規雙排停車，那次真的嚇壞剛上路的我，打方向盤的手僵硬到不聽使喚，深怕一不注意撞到人。不過，既然這些都是巴黎街頭的常態，三四堂課後也就習慣了。不能理解的是，連打方向盤、打方向燈這麼基本的技巧，也能拖上六小時課！實在是有變相多賺錢之嫌。終於，在我忍無可忍時，開始了下一步學程：油門及煞車，排檔還是由教練操作，因此教練必須時時提醒放油門，好讓他換檔。真是循序漸進到讓我覺得不耐煩的地步。還好這個階段沒有拖太久，就開始教換檔了。手排車最大的難處之一，就是能夠流暢換檔，並且在離合器與油門間找到和諧，避免半路熄火，也因此這個階段肯定要持續好一陣子。記得第一次學換檔，年輕的教練先紙上談兵把理論說明清楚，為什麼要換檔，什麼速度、何時該換檔，接下來讓我實際操作排檔器幾次，再領我在一靜巷裡安穩來回試開了幾趟，二十分鐘後竟然就問我是否準備好上路，要開回駕訓班了！真是令人緊張萬分的路程！不過也總算讓我見識到開車好玩富挑戰性的一面！怪不得男生那麼愛「玩」車，車子根本就是十足的「大玩具」啊！那麼好玩有趣的「玩具」，我竟然遲了二十多年才體會到，不禁對阻撓女孩子開車的刻板論調，還有當初不鼓勵我學車的家人，感到憤憤不平起來！這麼好玩的東西竟然只鼓勵男孩子玩，什麼意思嘛！是誰說女孩子不會開車、開不好車的呀！

剛學了換檔，已是年終假期，回台灣探親度假三禮拜，我心裡打著如意算盤，要是能在台灣上點課，應該可以省下在法國的學習時數吧，況且台北的鐘點學費只有巴黎的不到一半。在台北密集上了十小時課，剛開始雖然很不順，一直熄火，兩小時後也漸漸掌握了車子的狀況，學了許多台北教練的換檔技巧，也學了最難的上坡起步，記得在台北反覆練了多次上坡起步，竟然沒有一次熄火倒退，教練簡直興奮到了極點，甚至打開車窗跟在場的其他學員炫耀起來。開在台北街頭多次，也逐漸順手。心想回到巴黎後，應該可以讓教練大吃一驚吧。結果卻大大出乎我意料之外。首先我發現台灣普通汽油車，離合器的控制與法國柴油（Diesel）車並不太一樣，因此剛開始相當不順，花了一點時間才重新「踩」到要訣。接下來，所有台北教練教的「小技巧」，舉凡開始煞車時打成空檔就不必依次降檔，轉彎時可以踩住離合器「滑行」之類，全部都是在法國考照嚴重的錯誤，因為車子會因此而失控，太危險！連在台灣學到的使用手煞車上坡起步的技巧，巴黎教練也覺得不需要，因為柴油車引擎，只需要控制好離合器輕放，便能成功上坡起步，不需要浪費時間精力用手煞車輔助！本來是要在巴黎教練面前炫耀成果的，卻被罵了一堂課，還百口莫辯，不敢把真實原因都講明，我可不想讓他們覺得台灣的教練都教授危險技巧！這下子只好一步步重來，照著巴黎教練的要求，把錯誤改過來，慢慢建立新的好習慣。什麼速度該換什麼檔，丁字路口、小巷、轉角視線不良該打一檔，普通轉彎二檔過即可，圓環時該怎麼進入換檔，上下高速公路怎麼加速升檔怎麼降檔，都有嚴格要求，沒有符合教練們的要求，一定會被念，得再重複演練。

除了剛開始安排的是一小時課程外，後來的課都是一次兩小時，所以「漸進」練到這個程度時，三十小時的額度也剛好用完，看來評量上寫四十五小時學程畢竟是免不了的，當然也只能加買堂數。駕訓學校真的要賺錢，老實說都靠學員加買時數吧，增加的堂數以小時計算，每小時實際只上五十分鐘，單買要價五十二歐元，通常學員都是一次買十小時，優惠一點點，要價五百歐元。而十小時實際上只有五堂課，一下子就用完了！開始加買時數後，真的感覺上路的每一分鐘都在燒錢，尤其是塞車時，堵在路上的時間，根本學不到什麼，然而乾耗的每一秒都由冤枉的學生買單。有一回光從A4高速公路轉進巴黎環城公路，竟然塞車塞了五十分鐘，回返學校的時間比正常遲了四十分鐘，左腳因為一直踩著離合器而痠麻不已，最糟的是，一路我彷彿聽見錢幣一直白白掉落的聲音，簡直是驚心動魄啊！

慢性燒錢也要有個底線吧，有一回上課我試探地問年輕教練：「你覺得我還應該要再上多久的課才能去考試呢？」他完全一副不願談的模樣，直接回答：「反正現在是絕對不可能去考試的。」然後就再也不做任何答覆了。這樣一來，究竟要燒錢燒到什麼時候？趁著跟老闆聊天的機會，試探問問早上我開去考場載回來的幾個學員（對，我練車時還兼任過接送司機！），都是什麼時候開始報名的，一問不得了，幾乎都至少一年到一年半，甚至將近兩年，最快的也已經過十多個月！那我才經過區區四個月，根本是連想都不要想了。家中又沒有手排車可以練習，怎麼辦呢？恰好這時看到電視上報導新興租車行，專門租借正副駕駛座雙控制車，如正式駕訓班用車，給已有基本駕駛時數的學員練習，又剛好發現在住家附近就有一間這樣的租車行，我便趕緊上門問價錢了。如果一次買十小時，租車行才一百五十歐元，比起駕訓學校，自然便宜許多，條件是必須有個駕照至少拿到五年以上的「資深」駕駛人坐在旁邊指導。家中有個現成的指導老師，就是出資的老公，他也覺得這個租車方案省錢可行，便開始了我們幾近每週末必修的駕駛課。租車行友善的價格，加上親切的老闆，固定買十送二的優惠，讓租車行生意興隆，三輛手排車，星期六、日從早上九點到晚上九點絕對全滿，而且早一個月前就得預定。我打的算盤是，如果我們自行練習，至少可以減少一點駕訓班那裡的時數，也能省下一點銀子。

跟家人學開車，好處是省錢，你也可以要求加強弱點的練習；壞處呢？家人畢竟不是專業教練。這是什麼意思？會開車的人不一定會教，這就跟會說中文的人不見得能當中文老師是一樣的道理。就拿練習停車好了，學校教練不常讓你練習，可能是因為巴黎地區的停車位本來就不多吧，更何況好不容易有位子可練，後面卻緊跟著來車，或旁邊有人，為了不阻礙別人，教練通常會作罷。因此，和老公一起練習的重點之一自然就是停車了。停車格有各式各樣的，有路邊停車格，有橫向也有人字形的，交通規則裡對於什麼方位該倒車入位或者可以直接車頭開進，都有明確的規範，但是在實際生活中，大家似乎都是隨心情高興而亂停。在老公考照的那個年代也許沒有那麼嚴格的限定，於是在停車格前我們就會出現爭執。

「這裡位置很大，直接車頭轉進去就行了。」

「不行，這是右邊的橫向車格，必須倒車停才對。」我反駁。

「隨你便，那就照你的意思停吧。」

「可是我應該開到哪裡開始轉彎才對呢？」

「就看距離憑直覺啊！」這是什麼意思？直覺？第一次學停車的人哪懂直覺啊？這樣我哪聽得懂！

「教練都會告訴我們怎麼用車窗距離或看旁邊的車做定點當基準啊！」

「我又不是教練，沒有基準可以告訴你！」果然會開車的人真的不一定會教新手。

就在我分段暫停，打方向盤，然後才開始倒車，照教練教的步驟演練時，旁邊疑惑的聲音傳來：「你為什麼不邊倒車就開始邊打方向盤呢？哪有人這樣開車！」

「教練是這樣教的啊，而且這樣才能看到基準點啊！」

「以前如果不在行進中打方向盤，是轉不動的，你們現在是因為有方向盤輔助系統，才能像你這樣停著打。」

「反正我開的是現代科技設計下輕便的車，教練既然這樣教，你就別管啦！我可還沒有二十六年經驗累積的『直覺』啊！」

1. 駕訓班的專用學習車。
2. 法國駕訓班。

這就像教外國人中文是必須條理清晰把文法分析清楚的，可不能跟他們說「中國人就是這樣講」而已，他們絕對無法理解。看清現實後，我和老公就純磨練技術，各種疑難雜症還是直接去學校問教練吧。

就這樣，時間已經到了四月，眼看五月春假的西班牙旅行前，我是排不上考試了，沒駕照就沒辦法幫忙開車。老公已經開始覺得我開得不錯，可以上陣考試了，駕訓學校的教練卻還東挑西揀。因為旅行，中間暫停了一個月駕訓學校的課。這時，我在駕訓學校已經累積了五十小時的練習時數。旅行回來後，我開始試探教練什麼時候能安排模擬考，但是每一回他們都能挑出許多錯誤和不夠好的地方。此時已不是技術問題，而多半是安全駕駛層面的要求。

「你剛才轉彎時沒注意，壓到標示公車道的線。這樣子考照時會扣分。」
「你煞車前沒看後照鏡。踩煞車前一定要看後照鏡，控制煞車的緩急。」
「你右轉時沒確實轉頭看死角。」
「剛才經過右邊的小巷，減速不夠，要是有來車，你必須停車禮讓。」
「剛才你為什麼要減速，你沒看到對方是 STOP 停車線嗎？是他要讓你。」

在STOP線或圓環前常常莫名其妙遭教練踩煞車。「你這樣叫做暫停嗎?暫停時你要數到三再啟動。」「左邊圓環入口只要有來車你就要暫停,不能因為他還很遠就爭道。」

不然就是在小巷入口被迫暫停。「這是單行道禁止入內,你沒看到嗎?」「這是死巷,你開進去做什麼?」好,沒看清指標真的是常事,因為每次開車的地區,通常很陌生。「你現在要左轉,為什麼擠到左邊來,這是雙向道,你占了來車線道知道嗎?」隔天卻是完全相反:「你現在要左轉,為什麼不緊靠左邊,這是單行道啊。」天啊,開進小巷時,真的很難馬上判斷出是單行道還是雙向道,怎麼觀察並快速下判斷也是必須學會的技能之一。

太早轉彎會挨罵:「左轉要直角轉,才不會妨礙對向來車。而且不可以壓到中間的分隔白線。」要不然就是「你轉彎前就要慢慢煞車,不是轉的時候還踩煞車。」

法國特有的圓環文化,也是學習重點之一。圓環是近十五年來才大量建造出來的法國特有產物,還分有附燈號的圓環(Rond point)及不附燈號的圓環(Sens giratoire)兩種。如何進入這兩種圓環,規則卻恰好相反。不附燈號的圓環,在進入時要禮讓左邊來車,在圓環行進中不需要禮讓來車;而附燈號的圓環,則由行進中的車禮讓右邊進入的來車，最著名的例子就是凱旋門的大圓環，巴黎環城公路也視為這類圓環，因此跟一般公路不同，必須禮讓進入的來車。一般不附燈號的圓環，因為省卻號誌燈，便利交通，在使用時如何正確打燈，如何變換線道，如何進入，也就變得異常重要，以免發生車禍。不過，許多法國「資深」駕駛，也不清楚詳細規定，因為在二十一年前，可沒什麼圓環呢。要正確走好不附燈號的圓環，要學會停看聽，所以也要能在短暫的時間內兼顧換檔、打燈號、換燈號、換線道，同時要在該看右的時候望右，該望左的時候看左一眼，忙得不得了。為了訓練走圓環，教練指引我開到 Noisy-le-Grand 一帶，那裡簡直是個圓環市鎮，每一個路口都是圓環，大大小小，轉來轉去，全是圓環，根本就是圓環魔鬼訓練吧。我心裡暗忖：實際生活裡，應該不會一下開到那麼多圓環吧，路考時也不太可能專門挑這樣的地方考試吧。不過為了符合教練的高標準，我起碼在那一帶專練圓環不下八小時課。有天教練突然問我：「圓環速限多少，你知道嗎？」圓環有速限？我怎麼不知道！教練指著他手中那本指示圖，我才赫然發現圖中明白標示著時速三十公里的圖樣！天哪，在法國怎麼永遠有學不完的規定呢！

路考項目裡還有一大類是「獨立駕駛的能力」（conduite autonome），意思是學員必須能根據路標自行找到該走的方向。聽起來不難，實際做起來卻不容易，開車時除了要注意四周安全，看清所有標誌，還要不漏掉任何路標，真的非常困難，尤其是身處於完全陌生的區域。上課時常常發生看到路標時機太晚，忙著轉彎或變換車道而險象環生的場面，這時當然少不了教練一頓罵。另個大項是「禮讓行人」，如果看到無號誌斑馬線前有行人等待，一定要禮讓行人先行。沒有斑馬線的地方當然不必讓，因為停車會造成行車危險。可是在行人不管何處都任意穿行的大巴黎區，判定情況卻不容易，路旁時時有等待的人，但是地上有沒有畫斑馬線呢？雨天時常常因為看不清而沒有停車，當然被教練視為糊塗。有一次，又是雨天，跟著老公出去練車，在一個斑馬線前為了禮讓行人，我匆匆踩了煞車，有一點急，但因為後面來車還很遠應該沒關係，可說時遲那時快，我居然聽見斜左後方傳來一陣重物掉落的聲響，這時才發現一名女機車騎士，整個人摔倒在我視線死角的方向，怪不得我之前沒看到她，老公也不知她是從哪裡冒出來的。想來該是她緊跟在車子斜後方，或從左方轉進，因為無法超越我，只好跟著我煞車，但由於路面濕滑，她突然間煞車太急，輪子打滑，才連人帶車倒在地上。雖然她摔車跟我不一定有關係，但是如果我注意到機車緊跟著我，也許我就不會停車禮讓行人了，畢竟兩相權衡，機車的安全應該更重要（如果她是後來轉進那就沒辦法了）。從那次經驗以後，我更加體會到視野死角的危險性，而更加謹慎了。

旅行回來後，往六十小時的時數邁進，和老公也起碼練掉二十小時了，駕訓學校那裡仍然沒有讓我去路考的意願。租車行那裡有私下賺外快的教練，透過老闆的介紹，我自己花錢安排了一個模擬考，想客觀了解一下自己的程度。說起來法國的路考是非常複雜的，不但技術要成熟，行車要安全，還有關於車子裝備及檢查的知識性問題會考，車內及車外裝備各問一個，總共有兩百個問題必須準備！另外還會要求示範兩個跟停車、倒車、迴轉相關的技術。為了準備那兩百個知識性問題，當然又卯起勁來苦讀，那一陣子一有機會，就考考身邊有駕照的人，順便讓自己複習，這才發現其實很多問題，他們完全答不上來，包括老公在內，他們對於問題之精密程度，多半反應是嘆為觀止。「什麼是水漂現象？何時會發生水漂現象？引擎冷卻液不足後果為何？加引擎冷卻液時要注意什麼？加引擎油的時候該注意什麼？視野死角常造成哪三項後果？輪胎胎壓不足會造成哪四項後果？指出車中安全氣囊的位置及正確數目。」等等，這些問題，大部分的駕駛根本答不完整，或連答都答不出來。

模擬考是由一個從來沒見過的教練進行，對我來說，頗具真實感。雖說是模擬考，也讓我緊張不已，從坐上車就開始呼吸急促，胃隱隱作痛，直到下課後還痛了一下午，老實說，我博士論文口試都沒那麼緊張呢。路考理論上以三十五分鐘為限，開始計時後，教練就以考官的語氣下達指示。這個首次的模擬考，一切都滿順利的，直到完成前兩分鐘，教練叫我暫停路邊，問我：「你剛剛過圓環的時候，腳為什麼踩著離合器？這叫 Roue Libre，很危險，我太太曾經路考沒過，就是因為犯了這個大錯誤。你知道嗎？離考試結束只剩兩分鐘，你卻可能因此而淘汰出局。」我呆坐那裡，完全不知道為什麼台北教練的錯誤技巧陰魂不散，只能說自己實在太緊張了。還好，這只是模擬考，知道嚴重性後，正式考試時就能避免再犯了。下課前，我問了教練，假如我沒犯最後那個大錯，以我之前的表現來看，考不考得過。教練誠心覺得我可以去參加路考了。有了駕訓學校外一個客觀而專業的評量為依據，我終於可以理直氣壯地要求駕訓學校排考試日程了吧。

駕訓學校的老闆仍是老話一句：「那我們安排模擬考，看成績來決定吧。」等到排定模擬考的那天，竟然因為途中發現左前車輪破洞漏氣，教練急著帶我去換修，而完全沒考成。雖然學到如何補輪胎，但是沒有模擬考的後果是又要繼續交學費，等下一回的模擬考了。時序進入六月中，夏天來到，我非常希望能在七月底前拿到駕照，這樣子暑假去美國旅行長途車程，才有人與老公一塊分擔。好不容易排上新的模擬考機會，卻不是預定的教練，而是那個我最討厭的教練，一看到是他我就知道完了，他一定不會讓我考過的。果不其然，他帶我到 Rosny 的考場起點，故意不做任何解釋，叫我左轉，那裡有兩條路，中間一塊禁止進入的牌子，以常識判斷，禁止進入牌是禁止左邊那條路，右邊應該可以走，沒想到原來兩條都禁止，只能從原來的入口出去，任何正常的教練都會提醒學員這個地方標示的問題吧，可他就故意讓我跳進錯誤，然後還一再重複，這樣就出局了，不必考了，讓我完全分心，沒注意到出入口那裡還有個紅燈。他最後就用闖入禁止進入區和差點闖紅燈這兩項判我出局。可是這兩樣都在考場入口，如果教練有提醒，怎麼可能會犯錯呢？用這個判定我模擬考不過，我實在無法服氣。駕訓學校根本就是想盡辦法要多賺學費，這已經太明顯了。非常氣憤的我，只好上網看看別人都是怎麼解決的。一上相關論壇，才發現所有的人都在抱怨同樣的事情！大部分的學員都很氣憤，為什麼明明已經上了七、八十個小時的課，駕訓學校還是不讓參加路考！還有另一類則是已經考了四次才終於考過！怪不得租車行老闆娘自己就考了四次才考上，起碼上了一百五十小時的課！也因為這種畸形狀況，讓她先生決定開一家專門的租車行，嘉惠讓駕訓學校吃定了的學員，他們也認定這一行肯定會賺錢。看了網上各式各樣的遭遇後，才明白這就是法國考照的現狀，並非自己特別白癡學不會。但是，此時我也已在駕訓學校達到近七十小時的時數了。到了七月，放假前最後的模擬考機會，學校唯一的女教練。整個考試似乎成果不錯，她卻只說沒法依我所願在放假前排上路考日期，即使勉強排上也沒有時間實地練習，勸我放完假再說吧。實情可能是根本沒有立即的位子讓我去考，多少學員等著要考試！我對駕訓學校拖拖拉拉的態度，已到了忍無可忍的地步，既然無法在放假前考試，那也不必多花冤枉錢了，直接停課，等旅行完回來再說吧。於是七月八月，我又停了五個星期的課。在美國旅行時，先生和我都非常失望，我們那次去的地方，除了西雅圖是大城，還有國家公園的山路之外，全部都是空曠又直又寬的公路，有時一路開去根本前後左右都沒有一輛車，可說是初拿駕照的人最棒的練習場域。然而我只能坐在副駕駛座乾瞪眼，任老公在一旁喊累。

旅行回來後，重拾駕訓學校的課，雖然好一陣子沒開，一上場有點緊張，但到了第二堂課也就恢復順手了。租車行那裡還是繼續週末的租用練習，可是除了不讓自己生疏之外，連老公都覺得無聊起來，因為他早就認為沒什麼可教的了。結果我乾脆利用租車練車的時間，去提領跟超市訂的貨，讓我們覺得有事可做！那三星期，都是駕訓學校最資深的教練帶我的課，他領我去看了幾個不同的考場，熟悉環境，在接近八十小時的尾聲，總算等到他鬆口：「月底路考名額下來，我就幫你排個日程吧！」

於此同時，政府在駕訓學校集體壓力下，要收緊對雙控車租車行的規範，甚至提出充當指導員者，必須先去駕訓學校接受十小時四百歐元的「指導訓練」，導致租車業者上街抗議，更令所有正在學車的人大反彈！「我們在駕訓學校撒的錢還不夠多嗎？簡直是政府與駕訓學校聯手騙錢，把全民當傻瓜嘛！」論壇上，報紙上，大家都出聲抗議，覺得不合理，政府卻還想排入議院議程表決。法國政府瘋了嗎？這些官員議員們不知道現在學開車平均要花多少錢嗎？竟然還隨著駕訓學校團體的壓力起舞！租車行在這樣的氛圍下，老闆宣布關門休息一個月。就在我終於排上路考日期的關鍵時刻。還有一個月的準備時間怎麼辦？只靠駕訓學校夠嗎？

排好日程，也知道自己的考場，竟然是我當初覺得不可能拿來考試的圓環市鎮Noisy-le-Grand！這是巧合還是命運？然而我已經練到完全不怕的地步了，開了這麼多時數，還能沒有信心嗎？密集準備的最後一個月，資深教練覺得距離遙遠，來回就已經花去一半以上的時間，乾脆提議我每次安排三小時的課！我能說不嗎？看在是最後一筆學費的份上，只好咬咬牙把錢砸下去了。其中一次是年輕教練，他幫我把所有的知識性問題及回答，做了非常有效率的複習。其他時間則由資深教練帶著我，把那附近所有可能的考試路線都開了個透！考試當天上午又練了三小時，對那附近該注意的陷阱，容易犯的錯，可能停車或迴轉的地方，幾乎都熟悉到背下來的地步了。

正式路考，同行的也是一個女孩。老闆之前曾經對我解釋過，他們會讓女孩先考，因為她開得非常不好，而駕訓學校總是把開得好的學員排在後面考，打心理戰。這個女孩已經失敗過三次，當天是第四次路考了。如果她程度不好，為什麼駕訓學校還讓她上場？原來她是從別的學校轉過來的，已經上過非常多時數，駕訓學校不讓她排日程大概再也說不過去了吧。怎麼身邊聽到的都是考四次的人呢？那麼我真的可以一次考成功嗎？

輪到我上場考試，考官大概是為了放鬆氣氛，一直跟隨車的女教練聊天，我也沒有太緊張，跟第一回模擬考那時比起來，簡直有天壤之別。考官指定的路線幾乎都曾經練習過，停車的地方也很順利一次倒車即成，關於裝備的問題，我也都很流暢地回答了。只有因為分心聽他們聊天的內容，忘了打一次方向燈，考官馬上指正我。結果可能因為開得太順，已經開回起點處，考官才發現他忘了要求第二個停車或迴轉的考驗，他想了兩秒鐘說：「反正我知道你會開車了，就算了吧。」聽到這句話，我應該放心嗎？

考官當場就打好成績，但是因為曾經有沒考過的學員攻擊考官的事件發生（如果我考了四次都沒過，很可能也會想把考官痛揍一頓），現在學員已經沒法當場知道成績了，必須再等兩天成績單寄到家中才能揭曉。這兩天的等待自然是忐忑不安，但是同時也覺得沒有考不過的理由。法國路考是採分項計點制，每個項目從零到三點，有的項目如果犯錯會直接淘汰，也有加分項目，例如禮讓行人及尊重環保（就是不急衝急停，穩定速度的意思），兩個加分項目我都拿到了。滿分聽說是三十分，必須拿到二十分才算及格。我拿到了二十五．五分。打聽了一下，另個同行女孩竟然只拿了九分，真的是太慘了。

拿到成績單，第一件事當然是跟出資的老公報喜，這個累積許多年的生日禮物，多麼昂貴，已經大大超出我們的意料了。我們都對終於從這個陷阱解脫，鬆了一口氣。不愧是法國，一個基本的證照，在美國只要兩個星期，在台灣目前只要三十五天，就能考到的小小駕照，在巴黎，我居然拖了十三個月，扣掉純準備筆試的第一個月，還有幾次放假停課的那三個月，我還是整整練了九個月！總結算一下，駕訓學校上了九十四小時，租車行加上贈送時數，也練了五十一小時，真是太驚人太昂貴了吧。幸好我只考一次就考過了，否則再繼續下去，除了阮囊金盡以外，我應該會先精神崩潰吧？

拿到駕照，故事可尚未結束。在法國，駕照為計點制，正常的駕照內含十二點，如果違規，可能會遭扣一—六點，要是點數扣光，至少禁止駕駛六個月，而且得重新考過筆試才能拿回駕照。新手領到的新駕照，僅有六點，之後每一年增加兩點，要到三年後才有完整的十二點。也就是說，新手假如違規，那張駕照很可能一下就沒有點數了，對新手來說，充滿警示意味。這三年間，還是「新手學徒」身分，車子後得貼張 A 字牌昭告世人你是 Apprenti「新手學徒」，意味著大家不妨對新手可能的笨拙寬容大量一些（事實上卻是常常遭人故意亂超車、亂按喇叭欺負），新手速限也比一般低，譬如在大家都能開到時速一百三十公里的高速公路上，新手只能開到時速一百一十公里。所以還有三年得熬！另外一個不公平的不成文規定，一般在法國的租車公司，不會把車租給第一年拿到駕照的新手！所以啦，想要熬過新手階段，又不想讓開車技巧生疏，最好是祈禱家裡就有車，或者家族中有人肯把車借給你！否則只有自己掏錢買車一途。

這個星期日，開車去健行，來回路程我起碼被危險超車四、五次，連在旁邊的老公都看傻眼，所有都是故意挑釁。大巴黎區的駕駛霸道的、不守規矩的，多如牛毛。若是我駕駛，就會常常發生後面車子危險亂超我的車，只因為他們看到車後貼的A字，又看到駕駛是個女的！怪不得老公開時都希望我把後面那張A字拿下！真的不知道法國政府訂定那麼多法令有什麼用！把駕照搞得那麼難考效用有多大！野蠻駕駛照樣野蠻，不遵守法規、不尊重其他用路人的駕駛依舊數不勝數！結果也造成一堆無照駕駛，鋌而走險。

所幸，如今駕照終於到手，我也可以把這段恐怖回憶拋在腦後了。對所有想來法國定居的台灣朋友，我只有一句忠告：先在台灣考到駕照再來，來了後別忘了馬上去換。至於從美國來的朋友那就只有請他好好存錢，努力考試了，因為美國駕照是不能在法國更換的，也許是因為美國考照實在太過寬鬆吧。準備考照時，我每天夢想的就是，總有一天要好好把這一切折磨寫下來，今天，這小小的夢想終於實現了。祝福所有仍在為考法國駕照受盡磨難的學員：總有一天夢想實現。

二〇一四年一月於巴黎

→ 法式假期，享受人生

16

時序一進入夏天，天氣轉熱，日照變長，法國人便蠢蠢欲動起來，滿腦子想的都是度假的輕鬆快樂，即使工作之餘，和同事朋友聊的也不外乎：「今年暑假要去哪裡度假啊？」整個歐洲冬天乾冷而漫長，其他季節所欠缺的明亮陽光與宜人氣溫，都只能在短暫的夏季裡享受，也難怪歐洲人一到夏天便個個跑得不見蹤影，四處遊玩，沒人想工作了。

在法國，工作壓力最大的巴黎人，當然也是個個渴盼夏季旅行，一年到頭的辛勤工作，吃苦耐勞，似乎都是為了夏天的這場度假盛宴而準備。巴黎的活動通常持續到七月中旬，之後漸漸地居民遠赴他鄉，到了八月初，巴黎幾乎空了一大半，街上行走的十有八九是觀光客，許多店家也趁這個機會跑去放年假，關起門來兩三星期不做生意。即使是靠炎夏做生意的著名冰淇淋店Berthillon，八月一到，照樣大剌剌地關門放假，讓所有慕名前往朝聖的觀光客大失所望，這絕對是超時工作，沒幾天年假可放的台灣人所無法想像的。直到八月下旬，整個巴黎都空蕩蕩的，早上晚上都不太塞車，地鐵也突然沒了尖峰時段，只剩觀光景點擠滿了遊客，大眾交通工具上聽到英文、中文的機率，說不定比法文還要高。只要不是一貧如洗，絕大部分的巴黎人，還是會趁著夏天出外旅行度假。預算多、有小孩的，就七八月學校假期時成行；預算緊、不想跟別人擠破頭的，就六月九月成行。但是以巴黎鬧空城計的情況看來，最多人選擇度假的期間，還是七月底到八月中旬這段期間。畢竟，美好的假期也得靠老天賞賜，天氣晴朗氣溫舒爽，才適合戶外活動，上山下海皆有可為，這樣的假期才豐富多彩，歐洲氣候多變，若是不幸又颳風下雨，又冷得不像夏天，自然也就不像度假了。為了把握那短短的陽光燦然，就算擠就算貴，大多數的法國人還是不惜代價，非七八月成行不可。

法國的法定給薪年假是二十五天，也就是五個星期，跟許多鄰近歐洲國家差不多。不過有些行業在標準工時轉變為每週三十五小時那年，把多出來的上班時數折算成假期給員工，便使得有些人的假期比五星期還多，我個人聽過最多的高達九個星期，等於一年中有兩個多月的假，真是太舒服了吧！這些年假，法國人都怎麼分配呢？以前比較傳統的放法，大抵是夏天放掉一個月，然後年底耶誕節、新年的家庭聚會時，再放一個星期。但是近十年來，由於網路發達，許多新型態旅行產業興起，也改變了法國人的度假方式。現在有許多最後期限特優價的旅行套裝，讓想度假的人隨時興起出走的念頭，只要請好假，上網找找，兩三天內也能找到價廉物美的行程，於是想度假的人可以比以前更隨興、更機動，但是當然，這種出走方式多

5

1

4

2

3

1-3. 夏天多半的法國人偏好前往海灘、湖邊等山明水秀之地。游泳、玩水曬太陽是暑假的同義詞。即使沒時間沒預算去度假的巴黎人，也有市政府在塞納河畔精心布置的「巴黎海灘」（Paris Plage）可曬太陽，躺在海灘椅上讀書，參加各式各樣的活動，享受假期輕鬆的氛圍。

4. 用椅子堆疊而成的裝置藝術。

5. 春天在巴黎近郊 Parc de Sceaux 城堡公園賞櫻花的盛況，特別吸引了眾多來野餐的亞洲人，也算是巴黎四月中的大事。

半只能跟公司請上一至兩星期的假，不可能多，也因此現今法國人的度假時程，有大幅度的變化。他們縮短暑假，以往長達一個月的假期，如今多半縮減為兩星期上下，另外的假期再分配至春天、冬天及耶誕假期，遇到假日可能再多請個一兩天拉長為長週末，一年到頭都有小假可度，喘口氣，放鬆一下，再重新出發，適時的休息，也讓法國人隨時能有調整作息、恢復清靜生活品質的可能。

對休假的重視，對工時的斤斤計較，其實也反映了法國人的生活哲學，對大部分的法國人而言，工作，絕對不可能是生活的全部！法國人認為生活裡除了工作賺錢這一部分外，還應該包括發展自己興趣的時間，陪伴家人、運動、休閒、沉思，都是生活中十分重要的事，絕不能讓位給工作！就算工作再忙，加班仍有其限制，度假更是天經地義，老闆無法阻止，同事之間也只得互相配合。若是去公家機關辦事，與其他公司接洽，甚至處理一般日常瑣事，如果找不到可以處理的人，而理由是：「負責人去度假了。」大家也只能摸摸鼻子，滿心諒解，耐心等待，反正度假的人總會回來，而度假在法國可是天賦人權，沒有人可以置喙懷疑或抱怨！

重視生活品質更重視度假舒適的法國人，又是怎麼度假的呢？典型的法國人度假方式，究竟有哪幾種？一般法國人的度假方式可略分為兩大類，一是定點休閒式度假，另一則為時時移動的觀覽式旅行。

定點休閒式度假可說是一般法國人最普遍的度假型式，尤其是帶著小孩的家庭。通常是在想去的地點，可能是海岸、湖邊、大城、鄉村，也可能是山區、農場或是森林，租短期帶家具的公寓或民宿，一家人或一群朋友，以那裡為基地，每天在附近從事有興趣的活動，參觀景點或博物館，以輕鬆不趕路的方式，在同一地點住上一兩星期。夏天多半的法國人偏好前往海灘、湖邊等山明水秀之地，游泳、玩水、曬太陽是他們暑假的同義詞，只要能符合這幾個元素，就是成功的度假生活了。當然他們也喜歡藉度假時，好好做做菜，享受健康均衡的生活，因此他們也會上菜市場買菜，逛農莊購買當地特色農產品。有機會就露天烤烤肉，要不就試試當地評價好的餐廳打牙祭，對愛吃的法國人來說，這可是度假時不可忽視的一環。有空也會到附近的大自然景點散步，文化建築也是吸引他們的要素之一。如果是冬季，法國人會跑上山滑雪，雪地健走也很受歡迎。冬季不能戶外烤肉，法國人就圍爐吃乳酪火鍋、Raclette（把馬鈴薯、火腿、燻肉加上熱融起士的一種傳統吃法）、爐烤串燒或石板燒。當然，定點度假的住宿，也有可能是旅館或民宿空房子，但一般人還是比較喜歡有廚房設備，能夠自己下廚，也比較經濟省錢。如果覺得租住公寓或民宿房子還是太貴，法國人就會選擇露營，不過近來比搭帳篷更受歡迎的，應該是Mobile Home了，Mobile Home其實就像是可移動的簡易公寓，以前是能夠用汽車拉著走的，現在則多半固定在露營地上，營區老闆出租這種彷彿簡易公寓的「露營車房」，獲利比單純出租營地高上許多，也因此現在在法國，真正的露營地愈來愈少，大半都成了Mobile Home的天下。而所謂的營區，也不再只是提供營地而已，除了餐廳、小型超市滿足生活機能外，豪華的露營地還備有泳池、球場、兒童遊戲區，甚至還有活動主持人，為營區居民提供全天候的活動串場。這種發展型態，其實可以說是受到「度假村」經營方式的影響。

「度假村」是到目前為止仍相當受到法國人喜歡的一種度假模式。只不過，比起露營地來，還是昂貴一些，由於經營成本高，「度假村」通常不會設在人工費用高昂的法國，而是設在海外一些比法國物價低廉的國家，例如北非的摩洛哥、突尼西亞、西班牙的小島、希臘小島、土耳其等地，都可以找到與法國旅行社合作的「度假村」旅館，旅館提供住宿服務，旅行社則提供活動策畫主持人員，營造全天候熱絡的活動，保證全法語的舒適環境。法國有非常多的人喜歡在「度假村」度假，享受真正的放鬆。在「度假村」度假的典型模式多半是包辦早晚餐或甚至一天三餐，旅館備有各式度假設施，游泳池、酒吧、旅遊規畫中心、SPA中心、球場、海上活動中心等等，都是一般常見的設備，在這裡遊客可以享受到大部分度假放鬆的服務。每隔一兩天，在附近地區參觀散步，或參加由旅館旅遊規畫中心提供的自費出遊行程，其他的時間就留在旅館「度假村」內，游泳、曬太陽、看書報雜誌，參加各式各樣從早到晚排得滿滿的活動，舉凡水上體操、水球比賽、舞蹈、表演、遊戲競技，到晚上的舞廳、歌唱大會串，既照顧小孩好動的本性，也兼顧大人想要放鬆的心情。許多法國人對這種度假方式樂此不疲，年年呼朋引伴參加。喜歡享受旅館舒適的就選擇「度假村」，喜歡直接跟戶外接觸的則選擇活動多的大型露營地。很多在露營地度假的法國人，因為喜歡一個露營地，乾脆年年租下固定的營地，固定的Mobile Home，甚至年年與固定的「營地鄰居」碰面，十年二十年，每年不變，「營地鄰居」也變成好朋友。這種「數十年如一日」的度假方式，對假少因此出門旅行總想四處跑，並且想用最短時間參觀最多地方的台灣人來說，真的是匪夷所思，難以理解的吧！不過對年假多的法國人來說，每年夏天到固定的地點度假，已經像每年必行的朝聖之旅一樣，不可或缺了呢。很多選擇在同一地區租度假公寓或民宿的法國人，甚至會存一筆錢，在習慣的度假地置產，買下自己的度假屋，假如離家不算遠，可以常常來度週末；如果距離遠，便每年來度假幾星期，剩下的時間便交給房仲業者出租管理，不必再跟別人搶度假的好時段，還可以賺租金抵消投資額。

當然啦，年年都往同樣的地點度假，久了也會想看看不同的地方，況且，也不是所有法國人都喜歡年年定點度假的，喜歡到處旅行的法國人可以說是世界知名的旅者哪。大家都愛跑的觀光景點，法國人自然不會錯過，那種還沒什麼人去的國度，還沒發展出觀光事業的景點，也少不了法國人。一般法國人旅行，當然有跟團的，由旅行社規畫路線，安排行程，只要報名參加即可，不需要太多事前準備功夫。不過，這種跟團的型式通常只限於一些比較遙遠、語言不通、不太適合自助旅行的國家，像是摩洛哥、土耳其、中國、越南、日本這樣的國家。也有一些文化參訪團，專門挑古蹟多、建築或遺跡都美的國家，請來專業的導覽人員，一路走一路聽課，很少有像法國人這樣用功的了，旅行起來還不忘學習歷史地理文化宗教哪！不過天生具有冒險精神的法國人，還是最愛自助旅行，這種自己調整參觀時間及遊賞地點的方式，也比較符合他們愛搞怪、與眾不同的獨特個性。法國人喜歡自助旅行，也反映在市場上，尤其現在網路發達，只要上網找找，就能發現一堆旅遊住宿優惠網站，以前只做過季衣飾拍賣的幾個著名網站，像是Vente-Privée、Bazar Chic、

Brandalley，如今都不約而同將觸角延伸至旅遊，推出各種旅遊住宿折扣優惠，非常受到都會人的歡迎。提供一般民眾出租度假屋的平台網站 Abritel、Homelidays 等，也有許多法國支持者，可說是 Airb&b 靈感的前身。再加上 Tripadvisor 此類的旅遊經驗分享評比網站的援助，現在愛玩愛旅行的法國人，足跡早已遍布全球。不管去哪裡旅行，路途上都一定會遇到法國人呢！

即使現在安排自助旅行那麼方便，法國人還是不能滿足現況，他們喜歡隨自己的韻律旅行，有的人喜歡參觀歷史文物建築，有的偏愛登山健行，有的一定要有水上活動、潛水什麼的，有喜歡嘗美食的，也有愛做SPA的，有人愛去國家公園保護區，有人就只想買東西，慢玩快走的，不一而足。因此法國人最愛的還是「依照自己喜好規畫的個性化行程」。以前有專門的旅行社可以幫忙設計這樣量身訂做的行程，但是價格不菲。法國人腦筋動得快，這幾年量身訂做行程的網站也出來了，如 Evaneos 網站，而且主要訴求是把旅遊當地的旅行社，跟想要去旅行的人直接聯繫上，去掉所有可能的中間剝削，使得量身打造也變成平民化的產品，而 Evaneos 網站則負責篩選可信任又能以法語溝通的當地旅行社，提供保險擔保，成為牽線搭橋的有效平台。行程安排可以小團體也可以一兩人，可以附當地導遊，也可以只預訂住宿及建議行程，讓旅人視體力和興趣自行安排細節。這樣體貼而有彈性的旅行計畫方式，很快便吸引了許多愛旅行的法國人，這個網站在五、六年間便發展成極具規模的旅行平台，可說是法國開創的新型旅行產業。

開著旅行車到處遊山玩水，也是法國人喜歡的自由旅行方式之一，因為這種車子後面拖著可睡、可做飯、可洗浴的「房子」，讓人可以開到哪裡住到哪裡，四海為「家」，不必考慮找旅館、餐廳等等雜務，也比較經濟實惠，尤其受到退休族的青睞，退休族可以自由自在慢慢遊覽，開到想停下的地方就盡情享受個夠，想上路了再啟動即可。聽起來，這似乎是非常省錢和悠哉的旅行選項，然而，仔細算算，倒也不盡然。首先，買輛配備不錯的此類休旅車，可就要價不菲了，沒有準備個三到五萬歐元，是沒辦法購置的。一旦開上路，油錢自然比一般小車多，平均要多花百分之三十以上。另外，這種休旅車由於體積大，很多風景優美的城鎮，並不見得歡迎，常常可在城鎮入口見到休旅車禁止進入的牌子。除此之外，這種旅行車也不能隨意停放過夜，通常得開到專門的營區，繳費停泊，也享受加水、傾倒廢水等附屬服務，露營區風景有好有壞，也不見得都明媚動人，常常只像是擠滿旅行車的大型停車場，半點不吸引人。開休旅車旅行的法國人，多半得花錢購入營區指南，才不至於晚上找不到停泊的地方，這樣的旅行方式真的沒有想像中自由自在哪。當然也有富冒險精神的法國人，把休旅車開到國外長程旅行的，但是在國外會遭遇到的不便，更是難以預期，應運而生的是專門規畫休旅車行程及過夜點的旅行社，要是跟這種旅行團走，真正算起來，開休旅車旅行，還真是昂貴呢，價格一點也不親民。

真的要省錢的話，恐怕還是只有最傳統的背包客自助方式吧。很多年輕人依舊選擇這樣的方式認識世界，也許是徒步，也許是騎自行車，搭便車或使用大眾交通工具。住宿方式則能省就省，除了青年旅館、民宿之外，近年來也很流行「沙發衝浪」，借住別人家的沙發！甚至也有以短期打工交換住宿及旅遊的新型「打工度假」。不過，嚴格說起來，這比較屬於年輕人的旅行，或是決心想長途旅行的人所選擇的「旅行見聞」方式，跟一般工作人上班族的「度假」已經不太一樣了。真正以這種「不太享樂」方式度假的法國人，還是微乎其微的，畢竟，平時工作已經那麼辛苦，度假時不就該好好放鬆休息，以享樂犒賞一下自己嗎？也因此，在法國人的觀念裡，「度假」和「旅行」常常是不能畫上等號的。

休息是為了走更長遠的路，度假是為了撐過漫漫的上班日。只要工作，就該理直氣壯度假去！對法國人來說，有度假的生活，才能真正享受人生。工作絕對不該占據生活，充足的度假和休閒時間，才能達致身心的平衡，兼顧家庭和樂生活。對工時長，休假少，加班變成常態的台灣人來說，勞動條件要想走到跟歐洲同樣的程度，還有許多待努力爭取的空間。「品味生活比工作賺錢更重要」，這是法國的老生常談。希望在不久的將來，台灣人也能爭取到更人性的勞動環境，理直氣壯地享受「度假」的悠閒樂趣。

二〇一五年七月於巴黎

不浪漫的巴黎
也有小浪漫

17

住在巴黎最讓我覺得幸福的兩件事：電影院多，市立圖書館多。

說巴黎人愛看電影，這絕對不是誇口，只要看看巴黎的電影院數量便知。除了規模比較大的幾個院線——UGC、MK2和老字號的Gaumont連鎖外——還有許多的獨立影院，電影資料館也都有自己的大小放映室。上映的影片，從一般的院線片，到老片翻新、懷舊影展、各種主題或人物影片回顧，應有盡有，不管是美國好萊塢還是法式喜劇，日韓華語港片還是印度Bollywood，人氣影展片抑或小成本獨立製作，紀錄片或動畫，只要能想到的電影，在巴黎都有機會看到。那麼多電影院，如許豐厚的電影資源，當然也代表了後面支持的觀眾。假使沒有背後觀眾堅定而長久的青睞，這些人小影劇院自然也無法存在了。電影，想當然耳，絕對是巴黎人茶餘飯後聊天話題的首選。備受好評的影片，大家自然而然地談論，你沒看跟不上話，重複了三次以後，你還能夠不好奇衝入電影院一窺究竟嗎？在巴黎，看電影像跟流行，抓不住浪潮，你就真的落伍了。看多了，也會生出不凡的眼光與見解，因此，跟巴黎人談電影，通常很過癮，時時可以聽聞獨特的詮釋，不同角度的看法。巴黎的電影票房也往往具有代表性，巴黎的票房好，影片通常具水準以上；巴黎票房慘澹的，大概也早早下片，不必浪費時間出門看了。

巴黎也有自己的影展，雖然沒有像坎城影展那麼世界知名，重點也不在評審頒獎、眾星群集，卻很符合巴黎「文藝青年」的形象。每年七月初，學校放假，大考也結束後，在法國國慶日前，巴黎人還沒有去度暑假，便是巴黎影展上場時刻。巴黎影展其實是由巴黎市政府主辦，規畫給巴黎市民充滿文藝氣息的活動之一，每年會選出幾個主題，圍繞這些主題找出經典代表作，也會邀請新銳導演至影院現場與觀眾對談，非常有趣。記得前幾年有一回竟然以華語老片為主題，其中甚至還有台灣早期秦漢、林青霞當紅時期的片子，真是令人驚訝萬分，能在法國異鄉，目睹父母年少時的雋永回憶，這種能讓遙遠時空交集的功力，完全就是巴黎的寫照，也實實在在展現了巴黎最引人的魅力。有趣的是，每年參與影展播映的電影院也不盡相同，也讓影迷有機會涉足陌生的社區，發掘平常不甚熟悉的電影院，體驗不同影院的風格。

巴黎的電影院，也真的各具特色。獨立小劇院小廳小院，有的甚至只有三排座位！儘管如此，卻也沒有犧牲欣賞電影的舒適，座椅柔軟，悶熱的夏天也備有冷氣。MK2的招牌則是紅色座椅，某幾家甚至還有雙人一組的「情人座」。在MK2觀賞影片，也常常可以看到搭配播出的短片，在正常播映片之前，放映由MK2贊助的十分鐘左右短片，鼓勵新導演的意味濃厚。而在MK2看電影，不會在影片結束即亮燈，會讓片後製作表如影片一部分，在黑暗中跑下去，觀眾不會急急起身走人，而會意猶未盡地看清楚幕後製作的細節。MK2也從來不配音，總是播放原音電影，十分尊重原創。

Gaumont雖是老字號影院，但其實在巴黎的放映廳並不算多，都在人潮眾多的熱門區域，也許是針對一般大眾的緣故，所有的外語片幾乎都加上法語配音。看電影喜歡原汁原味的我，自然就與Gaumont漸行漸遠了。UGC院線，則以大型影城著稱，每個設點都備有許多廳院，從一百人左右的小廳到八百人的大廳都有，集中在一起為觀眾提供最多樣的選擇，既能容納票房超好的賣座片，也能給小眾的獨

1&2. 巴黎是名副其實的電影之都，電影影城設備好，螢幕大，連獨立小電影院也精緻舒適。

立製片或文藝片一個展演的空間。此外，UGC在二〇〇〇年的革命性舉措，更是大大改變了電影觀眾的習慣與生態。

UGC在二〇〇〇年宣布發行「Carte illimitée」（無限電影卡），一種讓觀眾可以無限額欣賞當期院線片的記名卡，持有人只要每個月固定扣繳少於十九歐元的金額即可，以當時的全票來算，只要看超過兩部片便划算，如以優待票來算，也是一個月看超過三部片便划算，而且也不限進場的時間（優待票也有分時段的，時段好的如週末場次，自然比較貴，或是根本沒有優惠）。我平均一個月起碼上三、四次電影院，對像我這樣的電影迷來說，推出這種條件的無限電影卡，簡直就是天上掉下來的大禮物，不必再起早看早場，不必跟別

2

人擠「三天隨意看」影展，想什麼時候去看電影，就什麼時候去，還應有盡有任我看！沒考慮太久，我就跑去辦了一張卡。經過十多年，每個月的卡費也隨著調漲到超過二十歐元，但是以我看電影的數量和頻率來看，這樣的金額實在不算什麼。況且，整個人的生活習慣，似乎也因為有了這張電影卡而改變！平時教書的課與課間，有時候會出現那種回家太趕，在外面閒晃又太久的空檔，或是學生突然取消一堂課，又或者等人的空檔，只要排得出一場電影的時間，我就會奔向最近的影城，選部時段配合、也有意願看的電影，進場享受兩小時的清靜。夏天太熱，無心工作，安裝空調的電影院成了最棒的納涼處；冬天潮濕陰冷缺乏戶外活動之際，看電影也是最好的娛樂。近幾年，MK2院線更與UGC院線結盟，共同發行通用的無限電影卡，再加上巴黎大部分的獨立影院也接受這張卡，在巴黎的影迷真的可以一卡看遍老片新片了。誠然，對住在外省的影迷來說，自然沒有像巴黎人那麼多樣化的選擇，也沒有那麼多的影院。但是以在大城市設點為主的UGC院線，的確靠著這個好點子吸引了為數眾多的城市影迷，也嘉惠了不少影迷的荷包！

剛來法國時，看法文電影是最好熟悉法語的媒界，因為劇情的幫助，讓學法文的新手能在短時間內學到大量的口語詞彙及用法，一般書上學不到的俚俗語，我也靠著看法文電影而了解。當我很快就能看懂法式幽默並且跟著大笑之際，新環境的陌生也就逐漸消弭。後來，藉由談論電影，也能成功地與難以接近的法國人建立友誼，創造出共同的話題，更了解他們的生活方式、思考邏輯。也因此，每每有初來乍到的新留學生或剛從台灣來的新居民，我總會建議他們：沒事去看看電影吧！看電影，學法文，懂法國人，還兼放鬆心情，何樂而不為呢？

電影院是巴黎生活中我最愛去的地方之一，除此之外，還有一個我也喜歡的清靜場所，便是巴黎的市立圖書館。巴黎到目前為止共有七十四間市立圖書館，分為「專門主題圖書館」與「一般圖書館」兩類。「專門主題圖書館」指針對如歷史、建築，甚至音樂為主題，集結文字典章資料的圖書館，「一般圖書館」則是沒有特別主題的大眾圖書館。但其實很多利用的學生都會發現，某些圖書館的哲學、文學書籍，會比其他圖書館來得多且豐富。一般市民最常利用的當然還是「一般圖書館」，在巴黎的二十個行政區中，每個區都有一至六間大大小小的圖書館，住宅區文教區的設點相對比中心商業區多些。規模大的可以分成三四層樓，包括雜誌區、新書區、各書籍分類區、兒童少年書區、閱覽及上網室、音樂CD及影片DVD專區，有的甚至還有大字書或巴黎史專區，內容相當豐富。這些藏品幾乎都能自由借

1&2. 法國的閱讀人口衆多，光是巴黎，圖書館多達七十四間。圖為圖書館内的閱覽室。

出，書籍、音樂、影片，簡直包含了文化生活品的大部分。借閱書籍是免費的，只要是巴黎市民都能借閱，CD和DVD則須多繳一筆年費。今年最新推出項目，則非電子書莫屬了，也就是說市民可以借用類似Amazon推出的閱讀平板，裡面已經下載了數以千計的讀本！等於是一次借上千本書！至於評價如何，借用率高不高，恐怕還要等推出一陣子才能看到成效吧。不過，由此可見，巴黎圖書館還真是走在時代先端啊！

巴黎圖書館的借還系統早已電子化，可以上網查詢、預借，現在似乎還可利用手機進行這些手續，在館內也備有查詢的電腦及借書機器，非常方便，即使館員不多，也沒有人手的問題。而傳統的閱覽區，也就是學生最常拿來K書的地方，現在則體貼地加上插座，讓使用手提電腦的人能方便充電，坐上一整天也沒問題，還有全區無線網路，只要上線登記一下，即可自由使用網路，也因此不只學生會使用這一區，一般上班族、退休老人、青少年，什麼樣貌的市民都可能出現在此。

大型圖書館除了一般服務外，也會不定期舉辦各式各樣的演講、座談，從哲學家文學家的百年紀念活動，到結合社區社團的主題活動，有相當學術性的主題，也有針對一般大眾的生活命題，每次看到活動通知，都讓人心生驚嘆，覺得真不愧是巴黎，才能以這麼高的頻率，舉辦那麼多叫人驚豔的活動。

因為我的教書時間不定，平時有些空檔，時間長的我就跑電影院，時間不長的話，我會乾脆找間附近的圖書館，去那裡上上網，處理一些電子郵件，讀讀日文或小說，改改作業，順便還能上個洗手間，坐下來喝口水，歇息一下，真的是非常體貼方便。有的固定會去報到，有的則只去過一兩回，也是看機緣。在圖書館裡總是有種專注的氛圍，讓人不得不沉靜下來，可以胡思亂想，任思緒翻飛，也可以凝神專一，記背誦，彷彿回到初高中那苦拚聯考的久遠時代。

家附近的 Marguerite Duras 圖書館，印象中是全巴黎規模最大的一般圖書館，那裡除了一板一眼的一般桌椅外，也散置許多具有設計感的個人沙發座，讓閱讀沾染一分隨性與慵懶，在明亮的戶外光線陪伴下，閱讀更成了件賞心悅目之事。行走其間翻看書籍，也增添了幾許悠然。我有空經過，常常進去閒逛一下，或坐下來讀讀書。不過星期三下午青少年多時，還會有小朋友跑來跑去，也不免比較吵雜，考試期間躲在閱覽室的學生更是擁擠，那時身處其間，既非少兒，又非在學學生，還真覺得有點格格不入呢。

我生活中的巴黎，並沒有一般人臆想的露天咖啡座，也沒有貴婦精品店或下午茶，如果要我說出巴黎最浪漫的去處，我想我只能說，電影院和圖書館便是我最常去約會的所在：與電影與書的親密相約！既保有不容外人打擾的清幽，也是誠實面對自我的時分。這又何嘗不是喧譁塵世中奢侈難得的一份浪漫情懷！我想，這就是我在這個不浪漫的巴黎，最享受的浪漫吧。

二〇一四年十月

→ 漫談法國耶誕節與新年習俗

18

歐美國家的年底，從耶誕節直到新年，可說是他們一年中最大盛事，耶誕節是全家團圓聚餐的重要日子，新年則為好友間拜訪互動的好時機。大部分人都會請個幾天假陪陪家人朋友度過佳節，也因此許多公司為了節省成本，乾脆關門兩星期，全體員工一律休假。但是，如果是從事飲食、消費相關行業，年底這段期間卻是最忙碌的時期，往往交易業務量可占全年業績的百分之三十以上，這群人為了因應節慶，必須日夜加班趕工，以配合節慶的特殊需求。不管是屬於可放假休息的族群，抑或趕工賺取全年重要盈餘的相關業者，不同尋常的氣氛，交織成萬家歡樂的熱鬧。華人為了農曆新年掃除、買辦、返鄉團圓；歐美人為了耶誕節及新年盛會，也一樣傾注所有，只為相聚同樂的回憶。華人過農曆新年有各式各樣的習俗與傳統，那麼歐洲人的耶誕節及新年又有哪些重要活動呢？

在法國，各商家、百貨公司，從十一月下旬便開始針對忠實顧客推出憑卡折扣的活動，也對「早鳥顧客」祭出先買先選、買愈多優惠愈大的超值折扣，聰明又不想臨時才人擠人挑禮物的顧客，大約這時便會早早把禮物乘機備妥。沒有先見之明的大多數人，如果等到十二月才想起該採購耶誕禮物，為時已晚，一進入十二月，所有折扣都消失得一乾二淨，只有各式各樣精選的上架禮物組合，不斷提醒你還有某位家人的禮物尚未選購！

離耶誕節還有一個月，十一月底，巴黎香榭大道上的節慶應景燈飾，便早早裝置好，由市長舉行點燈儀式後，耶誕節的序曲便正式於巴黎展開。大型百貨公司架設起整個樓面的燈飾，主樓擺上超大型聖誕樹，面街的櫥窗更是各家百貨公司爭奇鬥豔的戰場，每年都會請專人針對特定主題設計，常常都是機械動態聲色俱引人的大手筆裝置，不但吸引小孩久久駐足圍觀，連大人都免不了要嘖嘖稱奇談論一番，留下成疊載滿驚嘆的相片。慢慢的，巴黎各區自己的跨街燈飾也一一安裝點亮，各家商店紛紛把櫥窗或擺設弄成耶誕節慶的味道，到處或紅紅綠綠或雪白，這時當然也就進入了十二月。

進入十二月，家長便會為家中小孩買份「倒數日曆」（Calendrier de l'avent），原本是讓小孩在耶誕節前，每天打開一格，裡面會有一段《聖經》句子，等全部格子都打開，耶誕節也就到了。但是時至今日，卻彷彿成了小孩子等耶誕禮物前打發時間的遊戲，商人每年推出不同的遊戲點子，也許每天打開格子可以得到不同的糖果，也許可以收集不同的卡片，現在甚至還有發展成網上遊戲的「倒數日曆」，儼然成了又一商品行銷的場域。

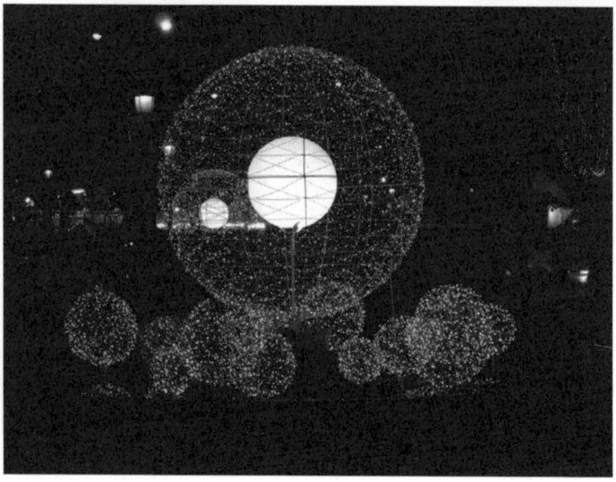

巴黎香榭大道上的節慶應景
燈飾，早在耶誕節到來前就
已裝置妥當，點燈儀式舉行
後，耶誕序曲便由此展開。

十二月五日或六日，是傳統的「聖尼古拉節」，這項傳統只有在荷比盧德、捷克匈牙利、瑞士、羅馬尼亞及法國東部北部採行而已，並非全歐洲。聖尼古拉是老弱婦孺及小孩的守護者，他出現時的裝扮一身紅白長袍，戴頂紅帽，一襲白色鬍子，拿根枴杖，就跟現下一般的耶誕老公公形象差不多，因此也有人說耶誕老公公是從聖尼古拉而來。不過也有見過一身白袍的聖尼古拉，大約也是為了與耶誕老公公做區別吧。聖尼古拉到來，是為了要獎賞整年乖巧懂事的小孩，分發糖果糕餅給他們，有些地方的傳說裡，還會有個袋子裡裝皮鞭一身黑的鞭爺爺（Père Fouettard）跟著聖尼古拉一起出現，他則是專門處罰壞人及不聽話孩子的。也有的父母會跟小孩說，如果把耶誕節的願望告訴聖尼古拉，而當年小孩又表現乖巧的話，就會在耶誕節當日獲得心目中想望的禮物。法國東部亞爾薩斯最有名的耶誕市集，也是從聖尼古拉日開始擺攤，原本的名稱其實也就叫做聖尼古拉市集。傳統的耶誕市集以往可說是

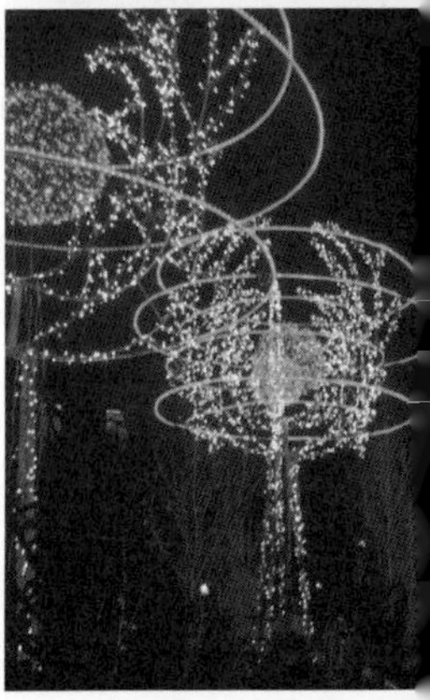

大家採購耶誕節禮品最好的地方，也多是傳統手工製品，可惜現在攤商所進貨品，多半是大量生產的低價品，甚至還充斥假魚子醬、劣等鵝肝等，真正的手工製品或地方特產，反而成了鳳毛麟角，甚為可惜。

進入十二月，所有的人都彷彿染上熱病，不管經濟情況再糟，只見滿街都是尋找合意禮品的購物人潮。華人過農曆新年，講究的是給紅包和袋裡的數目，長輩多半會費心地到銀行換領新鈔，再想個吉利的數字，裝成一袋袋壓歲保平安的愛心。歐洲人過耶誕節，就不時興現金了，必須送禮物才能表現出誠意，可是要怎麼樣才能送得別出心裁又得歡心，那可是難上加難。為了不發生直接把禮物退回商店或立刻轉賣的難堪，現代許多家庭乾脆就直接列出想要的禮物清單，由大家分頭認領購買，也算是一種皆大歡喜的折衷。有些不願破壞神祕感的家庭，既不明講，別人如果平時交情不夠，也很難猜到合適的禮物，於是近年來遂非常流行可在特定商家使用的禮券，讓收到的人可自由選購需要而喜歡的商品，雖然不像華人直接給紅包，意思也差不多了。另外還有一種預付的活動禮盒，可能是三天兩夜旅行或燭光晚餐，也可能是飛機駕駛課或SPA療程，收到的人可根據禮盒中附贈的目錄，自由選擇喜歡的旅館、餐廳或地點，自行決定日期，也就是把原本具象的禮物變成活動的贈予，贈送者只需決定金額即可，最近幾年來這類禮盒廣受大眾歡迎，也有愈來愈多令人意想不到的新點子新禮盒問世。

傳統的家族聚會需要相互送禮，表達彼此的關心與祝福，與華人的紅包壓歲錢習俗相比，也十分近似。然而，除了家族中人要送禮外，還有其他幾類平時提供服務的人員，會在年底節慶前，挨家挨戶送上祝賀，意思也就是希望人們能獻上小小禮金，聊表心意，也算是他們的年終獎金。最著名的當然就是郵差了，在耶誕節前，住宅當區的郵差早早便會在住家大樓門口張貼告示，寫明他登門拜訪的日期，讓人們提前準備好禮金，通常都是一般人下班後晚上七點以後的時段，這樣才會有人在家，不致空手而返。郵差會準備好一疊郵局統一印製不同花樣的月曆，讓大家挑選做紀念，禮金的話則隨意，通常都會至少給個五到二十歐元。如果當區的郵差服務不錯，大家基本上都會很樂意大方給禮金。若是有什麼疑慮不滿處，這個面對面的機會也正好提供了溝通的管道。

有些區域還會有收垃圾的清潔隊員來討禮金，但是似乎不是每個區都會出現，聽說也有假冒的清潔隊員，因此在給禮金前，要求看看證件也是大城市市民該注意的小節之一。另外還有消防隊員，在巴黎我很少看到他們挨家挨戶拜訪，多半是選擇人多的商場或大廣場一類，幾個穿制服的隊員向過往民眾表達祝賀，手裡拿著下年度的消防紀念月曆，大部分的民眾都會慷慨解囊，奉上禮金，因為他們平時真是最辛苦的一群，而因為他們募得的禮金皆為公有均分，所以捐出禮金的人都要簽名記下金額，然後才拿走那份紀念月曆。印象中募禮金的消防隊員皆身材勻稱、體格強健又彬彬有禮，有一年拿到的紀念月曆更是以這些帥男為主角，要是在最愛起鬨捧明星的台灣，怕不還選出年度最上鏡頭消防型男之類的呢！而且肯定是禮金收取最豐厚的職種！

如果住家大樓有配置固定管理員的話，那麼在耶誕節前，他們也會在住戶必經的大門口或電梯間貼上祝賀辭，或是發放賀年卡給每位住戶，也算是提醒大家，該是獻上禮金的時節了。以往傳統的巴黎大樓管理員，都是住在大樓底層公寓，每天固定要負責清潔打掃、分發信件等大小雜事，有時住戶家中漏水或忘帶鑰匙，也可以請他幫忙，如果是熱心親切的管理員，一般住戶多半不會吝於禮金禮品。但是今日的巴黎，很多大樓的管理員可能只是一般的上班人員，只有在某些時段出現，並不住在大樓裡，也不負責清潔打掃，而另有外包的清潔公司提供服務，如果是這樣的情況，現代的住戶就不一定會給禮金了。即使管理員還是住在大樓，由於住戶搬遷頻繁，管理員與住戶的關係比以往疏遠得多，人情淡薄，現在的管理員也不像以前會提供額外的小服務，加上經濟情況不好，一般人收入不豐，如果是學生或基層上班族，如今也不見得會給管理員禮金了。一般人對服務的觀念也在改變，現代人覺得每個月繳交的管理費用中便已包含管理員的薪資，而管理員做好份內的服務工作乃是職責，跟一般的服務業並無不同，如果管理員並未提供額外服務，自然也沒有理由要求額外的禮金。時代的轉變，導致一般人的想法也改變，最近幾年，在網

因應耶誕節，商店的櫥窗皆有節慶的特別展示。

路上甚至出現對此主題的熱烈討論，大家在給與不給、給多少之間舌戰，可見世代風氣不同，習俗也必須因應而不得不更動。不過，如果居住大樓有個和善負責的管理員，有能力的家庭多半還是會準備小禮物或禮金的。給管理員的禮金可就不像給郵差那樣，五塊十塊便可打發，通常會看家中人數和居住面積依比例給，多年前聽說是要給住房租金百分之十的禮金（如是屋主則自估當區同面積住房租金），但以現下大城市租金高漲的現況而言，租金的百分之十著實太多，一般的巴黎居民恐怕拿不出那麼多禮金。大家可能也會看看總住戶數來衡量，住戶數多的，給的人多，禮金自然也就可以少給些吧。總之，經濟差，大家購買力減弱，在這種禮金傳統上，也只有斤斤計較了。

其他像是家中有請清潔人員打掃的，請保母帶小孩的，也多半會餽贈些小禮物或禮金，表達感激。

這樣的禮金傳統，究竟是源自哪裡呢？其實在法文中，給禮金的傳統名為 Les étrennes，原本是指新年當天給予的禮物或禮金。這個傳統可追溯到古羅馬時代，新年時人們會贈予無花果、棗和蜂蜜給熟識的朋友親人，當作賀禮，後來才慢慢變成禮物或錢幣。後來在帝國時期，百姓也會對帝王獻上新年賀禮。Étrennes 這個字，源自於女神 Strena 或 Strenia 的名字，因為西元八世紀前的羅馬時代，人們會把供奉女神之樹的青木枝拿來送給政府官員，祝賀新年如意，因此而得名。這個源自世俗的傳統，與基督教信仰無關，曾遭教會禁止。法國大革命後，因為被視為一種收賄行為，政府也曾明令禁止政府官員收受禮品或禮金。儘管如此，這個新年的禮金傳統還是穿越時空保留了下來，變成今日的面貌。而且現在禮金多半在耶誕節前便給，沒有人等到新年當天了，彷彿成了耶誕節禮物的一部分，其實原本的 Les étrennes，是完全跟耶誕節扯不上關係的。

準備了那麼多的禮物，那麼重要的所謂家族聚會又應該是在哪一天呢？有的家庭是慶祝耶誕夜，也就是二十四日晚上，大家共享晚餐，然後互贈禮物。但是對信仰純正的天主教徒而言，二十四日晚間，必須去參加午夜彌撒，因此晚餐簡單為主。真正的家庭聚會應是二十五日當天，耶誕節禮物也應該是耶誕節當天早上，大家一起在耶誕樹前打開分享。信仰虔誠的家庭，父母還會為孩子講述耶穌誕生的故事，就像華人社會，春節時，父母會為孩子講年的故事、灶神的故事等種種傳說與典故。

通常，耶誕節的家庭聚會結束後，大家便會開始互相邀約，為除夕跨年晚會做準備，在歐洲新年多半是與友人一起慶祝，也因此新年的晚會便比耶誕節多了幾分瘋狂與隨興。在巴黎，除了來旅遊的人喜歡到香榭大道上與大家一塊倒數計時、互敬香檳外，真正的巴黎人是不作興跑到人多雜亂的地方趕熱鬧的。一般都是在自家或友人家開晚會，最近也時興到有名的餐廳嘗新年大餐，有的餐廳還會布置舞池讓賓客跳舞。也有不少家庭乾脆就趁學校放假，到歐洲別的城市跨年，體驗一下不同國家的新年風情，像西班牙在倒數計時的鐘聲裡要吞下十二顆葡萄，柏林滿城有如烽火連天不絕於耳的鞭炮，倫敦泰晤士河畔的煙火，都是為歐洲人所津津樂道的跨年盛事。在不同國家慶祝新年，也同時可以體驗不同民族的個性與文化，甚為有趣。

二〇一二年一月於巴黎

→ 過去的「新法蘭西」，今日的「另類法語」：漫談魁北克法文

19

世界上最大的法語區是哪裡？大家恐怕都會很自然地說出「法國」這個看似「再自然不過」的答案吧！事實上，世界上最大面積的法語區不在法國，而在加拿大魁北克（Québec）省。

加拿大魁北克省位於加拿大東岸，南與美國交界，西與加拿大安大略（Ontario）省為鄰，東有大西洋，北直達北極圈，氣候橫跨溫帶、寒帶、副極地與極地幾個不同的氣候區，可見其幅員廣袤。以實際面積來看，魁北克省占地 166.7,441 平方公里，是加拿大最大的省分，也比法國國土大上三倍。而這裡的主要官方語言就是法語。

一五三四年以來，魁北克便以 Nouvelle-France「新法蘭西」之名成為法國的新殖民地。直到十八世紀中，法國才因為敗戰英軍，而將這廣大的殖民地，讓給英國。直到現在，加拿大雖有自己的獨立政府，卻還是尊英王為最高首長。雖然新法蘭西之後成為英國殖民地，來了許多英國移民，但十六世紀中至十八世紀兩百年間，從法國來到魁北克的新移民，已經在魁北克生根，也因此不但地名以法文訂定，一般人的使用語言，也早就以法語為主。由於語言帶來的不同文化與身分認同，也使得魁北克與以英語為主官方語的加拿大其他地區，顯得格格不入。魁北克直到今天，倡議獨立的聲音仍不絕於耳，也就不難想像其緣由。

來到魁北克，除了聽到看到的大部分為法文之外，因為跟法國一樣保持天主教傳統，到處可見古色古香的天主教堂。在飲食上也比較容易找到法國傳統食物的蹤跡，有各式各樣的乳酪，一般北美幾乎見不到的 pâté、rillettes 類肉製品，這裡都能輕易在超市找到。魁北克雖地屬北美，免不了沾染北美的氣息，但卻可說是整個北美保留歐洲氣息最甚的地方，敏銳的人很快就能在魁北克感受出與其他北美大城市的不同。也許因為當初從法國移民來的後代，都不願意在英國文化治下丟失自己的文化根源，尤其是法語代表的整個文化認同，因此魁北克才會以 Je me souviens（我記得）來作為象徵，現今在所有的魁北克車牌上都印著這句魁北克象徵語。

魁北克在保存法語的努力上自然也是不遺餘力。以二〇〇六年魁北克普查結果報告為例，七九．六%的人口以法語為母語，只有八．二%人口以英語為母語，而以英語為母語的人裡面，又有高達六九．八%的人是英法雙語皆精通的。另外，有高達八六．七%的人口在家中會使用法語。[1] 在整個以英美文化為主流的加拿大看

1 *Rapport sur l'évolution de la situation linguistique du Québec 2002-2007,* Montréal, Office de la langue française du Québec, 2008. (ISBN 978-2-550-52218-8)http://www.oqlf.gouv.qc.ca/ressources/sociolinguistique/index.html

來，魁北克的確可說是異類。對於最以法文自豪卻不擅長外語的法國人來說，魁北克自然就成為熱門的旅遊勝地，因為到處「說法語也能通」啊！

話說回來，不要以為在魁北克「說法語也能通」，法國人在這裡就能感覺到「猶如回家」一般的親切。其實，由於在英殖民治下和法國本土失去交流多年，魁北克早就發展出屬於自己的一套「另類法語」，初次接觸，即便是法國人，也會有一頭霧水、丈二金剛摸不著頭腦的時候！

從歷史上來看，十六世紀最早移民到魁北克的，以法國西部與北部的家族占大多數，他們講的屬於 langues d'oïl 語系，與法國南方的 langues d'oc 語系有別。早期還有與法王室的交流，因此保留了許多法王室的語言，但是後來變成英殖民地，斷了與法國的交流後，魁北克的法語就不斷受到原住民語及英語的影響，而產生了許多新語詞和獨樹一幟的用法。

今年夏天跟著法國老公也來到這個「世界最大」的法語區旅行。能以法文溝通，對法國老公來說，自是親切；對我這個已在法國定居十六年的人而言，說法文當然比去英語區苦思英文來得輕鬆自在。不過，「語言衝擊」可是從第一天就來報到！興沖沖的下了飛機，從機場海關到旅館服務人員，他們的法語口音，都不難懂，讓

加拿大魁北克市是太陽馬戲團的發源地，為了回饋當地居民，他們利用公路高架橋下的空間搭建起龐大的表演棚，讓居民及來此地遊玩的遊客免費入場觀賞表演，算是當地的年度盛事。

我們驚訝的是他們幾乎都是英法雙語族，從一種語言換到另一種語言，彷彿連思考都不必，呼吸一般自然，換氣之間已是另個語言！這對看多了法國英語不通慘況的我們來說，簡直可以用神奇來形容了。

到了Montréal（蒙特婁）市的大街上，真正的挑戰才開始。看到連普通商場裡都有珍珠奶茶，我們這兩個在巴黎連買都要專程跑去專店的鄉巴佬，當然很想買一杯來喝喝。眼前的店員，亞洲臉孔，卻講一口「純正」的魁北克口音法語，我有好幾秒呆在那裡，隨便應答著，隨便付了錢，走到一旁，法國老公才一臉壞笑地問我：「嘿嘿，你剛才是不是沒聽懂他的問話？」「沒錯，他說的明明就是法文，可是我怎麼就是聽不懂呢？」「哈哈，他剛剛說的，我雖然聽得懂，可是身旁的人說話，我卻也不一定能聽懂內容！」原來不只是我對魁北克口音有障礙，法國人也一樣！還有一回在服飾店裡，親切的女店員來到試衣間，（應該是）用法語突然問了我一句，我卻怎麼樣也聽不懂她在問什麼，最後她乾脆用英文問，我才終於明白。雖然後面的交談都以法文進行，但是如此般忽然因口音而聽不懂的局面，還是令我好生錯愕。

第一天晚上吃飯時，老公要點一杯 Coca light，就是低糖健怡可樂，怎知道服務生聽他重複了好幾次都沒懂，最後才搞清楚，服務生恍然大悟：「哦，你要的是 Diet coke！」乾脆用英語還比較清楚！可樂送到桌上，老公仔細一瞧，才發現在魁北克，要用「diète」這個字！我也覺得很怪，因為這個字在法國真的很少出現，而且似乎不會用在很正面的地方！我們一來一往地討論著，而隔壁桌坐著的當地人，聽到我們的對話，好像都快忍不住笑出來了，乾脆笑著問我們是從哪裡來的！這樣看來，法國人在魁北克，即使說法文也有「不通」的時候。

接下來的兩星期，每天都是驚奇的「發現之旅」，發現不同的法文用法，發現原來我們對所謂「法文」的了解顯然還不足！上街，許多招牌讓人非常迷惑，第一次看到常常會令人嚇一跳，可能要想一想才明白意思。譬如走幾步路就能在城市街角發現的「dépanneur」究竟是什麼呢？在法國好像只有找人修車時才會用到類似的字吧？為什麼城市裡卻滿街掛著這樣的招牌？後來才發現原來是「雜貨店」或「便利商店」的意思，比較像是法國的 épicerie 或小型的 supermarché。仔細想來，魁北克使用這個字，倒還滿有道理的！還有許多 nettoyeur 的招牌，後來才知道是洗衣服務，可不是什麼清潔工，比較像是法國的 laverie。走到適合全家大小出遊的地點，或是單車路線的中途，也常看到 Bar de laitier，這可奇怪了，Bar 不都是賣酒

1. 即使好幾百年前，魁北克人從法國移民而來，但如今語言、文化、生活習慣等，已與法國迥然不同。
2. 加拿大蒙特婁市某地鐵站，其出口仿製成像巴黎地鐵站的樣子。

喝酒的地方嗎？怎麼會有「牛奶吧」這種店家呢？在那裡難道可以喝到各式各樣的牛奶？看了很多次後才明白，那應該是賣各種冰品霜淇淋的地方，稱為「冰淇淋吧」應該滿合適的。

說到吃喝，在食物用語上，魁北克法文與法國用語可就差更多了。很多用詞，看著像是古老的俗語用詞，有的則根本是英文的對應版！在法國最常見到的是「sandwich」這個字，其實也是從英語而來，但在魁北克就一定會有對應的法文字，而不會用英語，所以最常看到的反而是在法國感覺俚俗的「casse croûte」；美式的潛艇堡英文是「submarine」，到了魁北克就成了「sous marin」。北美盛產的各樣莓果，也像中國的「橘越淮為枳」一樣，發生了法國有法國的稱呼而魁北克有魁北克稱呼的情況。在法國，英文叫做「cranberry」的蔓越莓，一般人通常稱為「airelle」，但因為一般市面上很罕見，普通老百姓也不見得知道那是什麼。到了魁北克，這可是隨處買得到的果子，相關產品更是多得不得了，果汁、果乾、果醬、保健膠囊，什麼都有，不過如果對店員說「airelle」，他們恐怕會一頭霧水，因為在魁北克，同樣的東西叫做「canneberge」！另一種法國不多可是加拿大卻盛產的小藍莓，英文叫「blueberry」，可在法國卻稱為「myrtille」，問題是假如到了魁北克鄉間，農場可以現採現買的小藍莓可變了名字，稱為「bleuet」！然而，在我的法國式認知裡，「bleuet」完全是另一種植物啊！我的頭腦簡直一片混亂了！不過，回頭想想，中國的「土豆」視地區不同，也有「馬鈴薯」及「花生」兩種不同的意思和不同說法，所以法語在魁北克出現類似的歧異，也就沒什麼好大驚小怪的了。

像上述這些與英文字相對應的法語詞，其實都還好認，比較驚人的是那種直譯過來的名詞。英文的「Ice Cream」變成「crème glacé」而不是「glace」，奶昔「milk shake」就變成了「lait frappé」，至於熱狗「hot dog」會變成什麼？那自然就是「chien chaud」了！天啊，當我在街上親眼目睹時，真的快要昏倒了，如果一個不明就裡又不太親近美國食物的法國人，乍然看到這樣的市招，會不會以為魁北克人也跟廣東人一樣，冬天吃狗肉呢？我想魁北克人應該只是寫好玩的吧，真正要買熱狗時，還是會跟法國人一樣，以英文來指稱吧？不然光是想像「Je voudrais un chien chaud, s'il vous plaît.」或者「Je viens de manger un délicieux chien chaud.」這樣的句子，就可以讓所有的法國人瘋狂笑掉整排牙齒吧？

由於食物名稱所指涉物不同，我們也在旅行途中鬧過不少笑話。某天，我們進了一家看來裝潢不錯，門口也貼了多項推薦標籤的餐廳吃晚餐。服務生無論男女，都笑容可掬，比巴黎不管哪家餐館服務生都親切上百倍。當日推出的套餐有許多前菜主菜可供選擇。其中一項馬上吸引了我的注意力：「tartare de filet mignon」。我納悶極了，在法國，「filet mignon」通常指的是豬裡脊，「tartare」指的是生肉薄片，這還得了，豬肉怎麼能吃生的呢？我滿心以為問題出在「tartare」這調理方法上，便指著那道菜問女服務生，她似乎也很奇怪一個用流利法文問她話的人，怎麼會不知道「tartare」的意思，但還是非常有耐心地解釋了一遍。（可能看到我的亞洲臉孔，想我畢竟是外國人吧！）後來我才知道，問題的癥結其實在「filet mignon」上，這個字到了魁北克，竟然變成泛指牛肉而非豬肉了！牛肉吃生的，當然沒有問題！生牛肉薄片，在法國也是隨處可見的一道菜，只不過名稱還真是大西洋兩岸天差地遠罷了！到以農業為主的 Île d'Orléans，聽說有一家著名的 Cidrerie 蘋果西打酒莊，愛喝法國 cidre 的我倆自然非去走一趟不可，我家法國老公還很開心對我說：「cidre 便宜，我們可以買好幾瓶配晚上的烤肉吃！」結果到了酒莊，看著架上陳列的各式 cidres，價錢比法國貴了起碼四到六倍，酒精濃度更從十三度到十八度不等，比法國的 cidre 高出太多了，這還是 cidre 嗎？我們兩個面面相覷，完全不解其中的道理。疑惑不已的我們，趕緊找了熱心的介紹人員講解，並讓我們試喝，才發現魁北克的 cidre 完全跟法國的 cidre 不一樣，雖然都是以蘋果釀製，但是魁北克 cidre 又甜又濃，也沒有氣泡，比較接近法國一般的白甜酒，通常用來做餐前酒（apéritif）或餐後酒（digestif）。而魁北克最著名的 cidre de glace，則是以結過霜的蘋果釀製的高級甜酒，拿來配 foie gras 鵝肝醬特別對味，那豈不成了魁北克的 Sauternes 了嗎？怪不得價位那麼高。

去買衣服，top、pull-over 這種在法國通用卻源自英文的字眼，在「保留法語環境」意識高昂的魁北克，當然不會看到，而換成了如 chandail 這樣「古老」的法文字彙，今天的法國反而已經沒有什麼人會在日常生活使用這個字了。記得不久前看的一部魁北克電影 *Starbuck*（編按：台譯《星叭克超有種》），其中有一段關於 chandail 的對話，螢幕下方全部附帶法文「翻譯」字幕，用的是今日法國人能懂的字彙，換掉了 chandail 這個字，顯然現代法國人是有可能聽不懂魁北克人說話的！同樣說法文的法國人與魁北克人，還是有很多地方說不清、講不通的啊！

買襪子，也非常有趣，老公拿起一雙標有「chaussettes tout-aller」的襪子要我看，我們睜大了眼驚訝不已，哇，這是什麼意思？「tout-aller」是類似「tout terrain」的意思嗎？彷彿是說適於多種用途？可以穿去運動，也可以穿去工作，是這樣嗎？我們對著一雙雙襪子，邊猜邊思考，也許在法國應該叫「chaussettes multi-usage」？但是好像從來沒看過這樣的標示呀！

開車開上了高速公路，跟法國一樣設有電子看板，通知駕駛人前方路況及施工路段。這些都跟法國差不多，不開車的我正覺得無聊，可以倒頭昏昏睡去，忽然看板上的一個字眼吸引了我的注意力：「congestion」，頓時睡意全消，腦細胞活躍起來，這個字在法國太少見了，通常用於跟醫學醫藥有關的場合或文章裡，那麼，在魁北克的公路電子看板上出現，會是什麼意思？趕緊問問一旁專心開車的老公有什麼意見。他在經過下一個有此字的看板時仔細看了一遍，停頓了好幾秒，才微笑拍拍大腿：「我想可能是『bouchon』、『embouteillage』塞車的意思。」對啊，其實「congestion」的原意，還真的滿合乎塞車的意境，如今在法國使用的「bouchon」、「embouteillage」兩字，也是取其譬喻之意的借用字（「bouchon」原意是瓶塞），只不過法國人在描述塞車時聯想到了瓶子，魁北克人則想到了身體血管，因而借用了不同的字！

上網找附早餐的民宿，在魁北克可不像在法國稱為「chambre d'hôte」，英語長久以來叫做「bed & breakfast」，簡稱B&B，魁北克人就利用巧思變化成

「couette et café」，簡稱是不是就成了「C et C」？所有聽說的法國友人，沒有不微笑稱讚此一用語的，魁北克法文說不定比法國本土法文還更精巧細緻呢！

到麵包店買完麵包，親切的店員小姐像所有小店一樣，一一數著銅板找錢，幾分幾毛的，奇怪的是，聽不到現代法國慣用的「centime」，反而聽到「sou」這應該只出現在十九世紀小說中的古字！如今的法國如果用到「sou」這個字，大概都是用於俗語表達，或者是「Je n'ai pas un sou sur moi!」這種口語的句子裡吧，沒有人會拿來當作錢的單位了。不過，我個人覺得這個字聽來非常可愛，下回去買東西，從錢包裡翻出一堆銅板想用掉讓錢包重量減輕時，我也馬上入境隨俗了：「Attendez, j'ai cinq sous ici, tenez!」

盡力保存法文的魁北克人，不管什麼英文詞彙，都要找出或發明出對應的法文語詞來，然而，日常生活中卻又常常聽到他們說著夾雜英文字的句子，簡直像自踩尾巴似的。最讓我印象深刻的就是他們不用「mignon（ne）」來描述可愛的東西，卻直接用「cute」這如假包換的英文字！不管在電影裡還是真實世界！看到出生不久的小寶寶：「Il est so cute !」講到 Biodôme 裡剛降臨的小 lynx（一種北美才有的貓科動物，很像豹子），媽媽對小孩說的是：「C'est un bébé très cute!」三番兩次，我簡直不相信自己的耳朵了！看來，英文的影響力，在魁北克法文裡，還是見得到蛛絲馬跡的。

所有的語言，只要換了環境，就會慢慢換了樣子，跟人一樣。對我老公這個法國人來說，跟魁北克人說法語，他覺得彷彿跟一群美國人講家鄉話似的，因為魁北克人雖然好幾百年前從法國移民而來，但是不同的飲食、氣候、生活習慣等，已經讓他們的身材外貌跟現今的法國人迥然不同了。對我這個研究文學語言背景的外國人來說，魁北克法文簡直如同讓我發現探險的新大陸！英文在不同的大陸，發展出英式、美式、澳洲式等各異其趣的用語；西班牙文到了南美洲，也蛻變為不同口音、不同用語的南美西語。反而是法文在發展上的歧異與變化，卻很少有人重視，或許是因為法國人一向對自己的文化語言自豪，總是一再強調法語的「正統性」，也就不願正視歷史與地理在法文上造成的改變分裂吧。在學校學英文和西班牙文時，老師常常都會提到英美用語的不同，西語課本甚至註明南美西語的不同用語。唯獨學法文卻絕對是「獨尊法國正統」，比利時、瑞士、盧森堡的法語都不存在似的，更不用說天高皇帝遠的加拿大魁北克了，因此學生也常常很自然忘記「原來加拿大還有一塊比法國更廣闊的法語區」！也難怪在法國發行的魁北克旅遊指南，要對法國人耳提面命、諄諄告誡，以免遭人白眼：到了魁北克，千萬千萬不要拿魁北克口音開玩笑，也不要講出法國口音才是「正統」這樣的話，要知道，在魁北克，用魁北克口音說法語才是「正常」，「不正常」的可是外來的法國人啊！

相信只要仔細深究，魁北克法文的蛻變，絕對能在法語發展史好好記上一筆，誕生出數量可觀的研究論文來。這篇小文就算是各位聊天之餘的開胃小菜吧，有興趣挑戰法文味蕾的讀者，後面的主菜甜點，內容可豐富呢，就等著大家自個兒去發掘更多有趣的寶藏！

二〇一二年八月於巴黎

從劃開的傷口，綻放生命流動之新血

20

二〇一五年開端，法國人仍浸淫在新年假期後的興奮與歡樂氣氛中，一月七日卻在巴士底廣場附近，位於巴黎十一區的 *Charlie Hebdo* 雜誌社的辦公室，發生了恐怖分子持重槍械殘殺無辜的恐怖攻擊事件。此一事件一經媒體報導，震驚全世界，電視連續播映相關畫面，網路上也瘋傳各式各樣的訊息。在極短的時間內，網路上支持 *Charlie Hebdo* 雜誌社反恐怖行動的聲浪，便匯聚在一個響亮的口號下：「Je suis Charlie.」這句話其實有雙重意義，除了一般認知的「我是查理」之外，也有「我追隨查理」的意思。可惜大部分的引用人似乎都忽略了這第二層涵義。

從最簡單、直接，最普遍、粗淺的方向去思考與解釋事情，似乎是人之常情。即使是語帶雙關的一個句子，大家也只是選取最表面、最符合人們期待想像的意境，最終塑造成一個堂皇崇高的標語。

接下來，在全法國民眾的餘悸中，又發生了凶手兄弟逃逸至大巴黎郊區印刷廠，與警方對峙的槍戰場景。同時還有同謀於 Montrouge 的殺警事件，之後於一月九日演變成在猶太超市 Hyper Cacher ，槍殺無辜民眾，並挾持人質與大批警力對峙的局面。最後雖然所有發起行動的恐怖分子都遭擊斃，但是在現實生活中出現這樣不尋常，恍若好萊塢電影情節的一連串攻擊事件，不但嚇壞了巴黎人，也震驚了所有歐洲國家居民，驚動了全世界的目光。

恐怖分子的身分揭露後，才發現他們原來是土生土長的巴黎人，在十九區長大的小孩。

大家開始拚命找原因，為什麼這樣的年輕人會加入伊斯蘭基本教義組織（État islamique），遠赴敘利亞接受軍事訓練，成為他們的「聖戰士」，歐洲人眼中的「恐怖分子」。開始有人質疑法國海外殖民歷史種下的因，也有人檢討法國的移民政策，甚至炮轟起法國境內的種族歧視現象，認為有這樣的「因」才會造成今天恐怖攻擊的「果」，似乎法國在某種程度上是「罪有應得」。彷彿找出了簡單的因果關係，就能夠說明一切了。

至於對 *Charlie Hebdo* 雜誌社的的攻擊，大家落入同樣的窠臼，為了找出最顯而易見的原因，大家在譴責暴力殺人這樣的罪行時，也怪罪為何 *Charlie Hebdo* 雜誌社不尊重其他宗教，挑釁詆毀的言論造成廣大伊斯蘭教徒反感，「難怪」招致「報復」、「清算」。依此邏輯演繹，言論自由的尺度也成了眾矢之的，眾人爭議不休。

「報復」的簡單邏輯，也被法國極右派主席，用來倡議回復死刑制度。以「嚴懲」為名，行「報復」之實。

猶太超市 Hyper Cacher 事件後，法國的猶太人擔心又成為明顯的攻擊目標。法國的伊斯蘭教徒則擔心與恐怖分子畫上等號，遭受排擠或報復。有人擔憂東方與西方世界的對峙，猶太教、基督教和伊斯蘭教突然成了不同文化的代名詞，所有論述都輕易地落入簡單二分的危險中。大家依附著各自的名號、標語，彷彿名號愈響亮，就擁有力量；標語越宏大，便越能保障自己的安全。

一月十一日的全法大遊行，「為共和而走」，除了估計逾四百萬的法國人走上街頭抗議恐怖攻擊外，還吸引了許多國家元首及政治要人，藉由這次的事件發起各樣的口號、名義，穩固自己的信徒，吸收為響亮名號所吸引的新支持者。

各式各樣的字詞，一旦成為空洞的標語，只用來號召支持者，這些字詞也就失去原本的批判性了。變為口號的理念，也一樣，這樣的理念往往成為集權主義的依憑，要求人們完全信服，奉為圭臬，信仰便理所當然養起了奴隸，奴隸不需要思考，更不能質疑與批判。

在許多燦亮的名號與理念交織下，原本的恐怖黑夜似乎讓璀璨煙花重新照亮，人們重複著，吶喊低語，然而失去思索與質疑的字語，並不能提供長長久久的光芒，空洞失去內涵的詞彙，也無法帶來真正的希望。

1&2. 2016 年年初，巴黎發生恐怖份子攻擊事件。圖為攻擊事件發生的地點，群衆前往致意哀悼。

3. 再度開張。

終於，有好奇的記者想到該去採訪一下遭受最初攻擊的 *Charlie Hebdo* 雜誌人了，恐怖攻擊殺害了許多主力成員，畢竟還有逃脫的倖存者。*Les inrocks* 雜誌在一月十日刊出了 *Charlie Hebdo* 雜誌社僅存的數名成員之一 Luz 的訪問稿。[1] 當所有人沉醉於燦亮的名號與理念，用盡力氣想喚回字詞集權編織的「美麗新世界」時，Luz 的談話卻彷彿拋出了一個巨大的不和諧音，打了許多人一巴掌。他的話，逼大家必須重新思考。其實這樣不和諧的表態，才正是 *Charlie Hebdo* 雜誌一貫的精神，不是嗎？

Luz 坦言：「（*Charlie Hebdo* 雜誌上的畫）有時耍白癡，有時齷齪骯髒，甚至無賴。有時完全失焦，有時精采絕倫。*Charlie* 雜誌集合了一群完全不同，各自畫畫的人。畫的性質會因畫家的手法與風格而改變，也會隨畫家的政治經驗或藝術資歷而迥異。然而如許謙卑的態度與多元視野卻不復存在。大家視每一幅為我們每個人一致的畫作。結果，*Charlie* 雜誌目前背負的象徵意義，卻正好是 *Charlie* 雜誌一直以來努力要抵制的：摧毀象徵，去除禁忌，推翻所有美麗幻想。這麼多人支持 *Charlie* 雜誌當然很美好，但是大家卻是站在 *Charlie* 雜誌畫作的反向，牴觸畫的原意。

「這種一致性對歐蘭德（總統）重新團結國家民眾是有利的。對瑪玲勒朋（法國極右派黨主席）要求重啟死刑也是有用的。廣義的象徵主義，誰都可以拿來大加利用。即使是（俄國總理）普亭也能認同和平鴿的象徵意義。只不過我們瞄準愚民主義嘲弄，我們嘲笑不同的政治立場，我們恰恰在象徵之外。」

（“Parfois cucul la praline, parfois craspouille, punk effectivement. Parfois c’est raté, parfois c’est juste beau. *Charlie* est la somme de personnes très différentes les unes des autres qui font des petits dessins. La nature du dessin changeait en fonction de la patte de son dessinateur, de son style, de son passé politique pour les uns, ou artistique pour les autres. Mais cette humilité et cette diversité de regards n’existent plus. Chaque dessin est vu comme si il était fait par chacun d’entre nous. Au final, la charge symbolique actuelle est tout ce contre quoi *Charlie* a toujours travaillé : détruire les symboles, faire tomber les tabous, mettre à plat les fantasmes. C’est formidable que les gens nous soutiennent mais on est dans un contre-sens de ce que

1 Luz: “Tout le monde nous regarde, on est devenu des symboles,” Les inrocks:http://www.lesinrocks.com/2015/01/10/actualite/luz-tout-le-monde-nous-regarde-est-devenu-des-symboles-11545315/

恐怖攻擊發生後，民眾前往共和廣場哀悼。

sont les dessins de *Charlie*.

Cet unanimisme est utile à Hollande pour ressouder la nation. Il est utile à Marine Le Pen pour demander la peine de mort. Le symbolisme au sens large, tout le monde peut en faire n'importe quoi. Même Poutine pourrait être d'accord avec une colombe de la paix. Or, précisément, les dessins de *Charlie*, tu ne pouvais pas en faire n'importe quoi. Quand on se moque avec précision des obscurantismes, quand on ridiculise des attitudes politiques, on n'est pas dans le symbole.")

是了，大家努力為 *Charlie Hebdo* 雜誌冠上的偉大理念，美好標籤，對不起，那並不是我們的原意，這種標籤或理念，偉大或美好的號召，正好是我們孜孜矻矻亟欲推翻的。你們把我們推上理想遠景的頂端，但是我們一直以來質疑的，正是這樣的高高在上自以為是。我們要的不是一致，不是普世認同，我們不需要人們的認同，甚至不需要彼此認同，我們要的是彼此的不同，我們一再一再逼大家正視的，就是永遠的迥異，徹底的不同。我們不斷刺痛大家的，也正是那些細小尖銳的異刺，不合時宜的小嘲小諷。拜託不要為我們祭出什麼保護言論自由的大纛，也請不要強迫我們戴上殉道者的桂冠，因為那根本是我們絕對要打倒的象徵，堅決不願見的形象。我們是微小的刺，許多不同方位不同立場的荊棘，請不要把我們幻想成反映美好未來的玫瑰。謝謝大家情感上的支持，我們很感動，但是我們不需要任何理念的收編。不要歸類，不要劃分，不要統整，也不要齊一。永遠從不同出發。不同意，不和諧，不確定。

我彷彿聽到 *Charlie Hebdo* 雜誌成員的絮叨。

永遠不要忘了質疑。永遠保持不同的眼光。不要輕信表面的因果關係，也不一定非找出原因不可。原因是找出來安慰人心用的，並非解釋。世間事常常是無法解釋的。人性本來就是那麼不同，無理可循正是人性唯一可循之跡。不要相信那些美麗語彙架構起來的唯一，字詞在變成象徵之前都有不同的歧義。如有詮解，就有選擇，選擇同時意味著丟棄，既有取，就有捨，也就不可能全面。象徵是以一代多，然而多如何能代，多之所以為多，在於相互歧異，不可替代，不可置換。他們要的是微小的歧異，枝微末節小針小刺的不肯融合。有不和才有和諧。同聲同調正好為集權，提供了完美的工具。

那些打著道德、言論自由不該無限上綱的簡化推論，正好掉入了好壞二分對立的陷阱，好衍生好，壞滋生壞，善有善報，惡有惡報。可惜世界的運轉，並無法以這種如規範虛擬遊戲世界的簡化常軌去規範。回頭看看伊斯蘭基本教義組織是怎樣吸引新會員的吧！同樣簡化的思維方式，也正好用來美化他們創造出的「理想」。再想想只不過幾十年前納粹政權的興起，相仿的思維架構，是不是也很熟悉？太急於歸類，太急於分清好壞，太急於切割，簡化的「理想」、簡化的「道德」，欠缺對不同的包容與深思，只是把我們推向危險的深淵，集權的懷抱。

那麼，言論自由是什麼？這不是一個用來教育人民的最高指導原則，不是口號，不是標語，不是僵化的道德準則，也不是什麼象徵或藉口。言論自由是一個空間。讓我們批判、質疑、看見不同，也維護不同的地方。這個空間，沒有對錯，沒有強弱，沒有好壞，沒有神聖低賤，沒有哪一方凌駕於上握有更多權力。不能是一對一單挑式的原始對決，言論自由的空間必須既脫離世俗的社會空間，又與現實連結。一個藝術的空間，創作的空間。這樣的空間優遊於現實與虛擬，不一定假不全然真，字詞與符碼，不一定有直接的對應關係，多樣的詮解，多層的視野，沒有絕對，禁止權威。這個空間從不凝滯，不斷流動，翻新、再生、顛覆、重建，流動帶來生命能量，能量再刺激生命之流。生生不息。

創作的空間便意味著解讀的空間。創作是生命的泉源，自由是創作的活水。有自由的創作才有自由的解讀。有詮釋才能杜絕象徵，避免集／極權的危險。以藝術的空間，創作的力量，激發歧異，鼓舞不同。在不同間往復流動的書寫，書寫新思考，也書寫新生命。沒有自由書寫的空間，僵滯的氛圍，孕生不出生命的火花，激盪不出生命的行進。

詮釋在創作的空間裡，從來不是單一，更不簡單。因為質疑，因為批判，因為劃開可能秩序的傷口，而從表皮看似的二元衝突，綻放突破兩造之新血。也之所以創作或解讀，帶來的往往是痛苦，是激烈的傷，但是沒有表面的傷痛，沒有創作／解讀興起的撕裂，又怎能有擺盪於不融合與和諧，和解與衝突間的往復之流呢？擺盪與流動，生命的自由。言論自由，創作的空間，生命的自由。

一月十一日的大遊行，重點從來不是那些政要或國家首領出現所帶來的象徵。這個大集結，呼喊或呢喃著不同的聲音，不同的語言，譜寫不同的詮解，而人們用自己的身體，占據圈圍，他們最根本的生命空間。言論自由的空間。展現生命豐富歧異的空間。他們也用不同的，帶著小尖刺的筆，和話語，堅定地向所有恐怖集權發聲：我們捍衛創作的空間，藝術的書寫，生命與自由的根本。豐富，紛雜，多樣。

遠遠超過意料之外。而所有的意料之外，才是意義的生發所在。

因此，我們將用筆，用言語，從劃開的傷口延續，持續書寫，持續創作。「我追隨查理。」[2]

二〇一五年一月寫於巴黎

2 事件發生後，從法國歷史、社會、法理等各層面分析得最好的一篇文章當屬馬赫起南的《極光希望：歐羅巴 vs. 歐羅肥》〈瑪莉安，請別為查理哭泣——從法國共和精神到查理周刊恐怖攻擊事件〉，可參考以下網址：https://www.facebook.com/notes/413083712178650/?pnref=story

INK PUBLISHING

文學叢書 488

不浪漫的法國

作　　者　謝芷霖
總 編 輯　初安民
責任編輯　宋敏菁
美術編輯　林麗華
圖片提供　謝芷霖
校　　對　吳美滿　謝芷霖　宋敏菁

發 行 人　張書銘
出　　版　INK印刻文學生活雜誌出版有限公司
新北市中和區建一路249號8樓
電話：02-22281626
傳眞：02-22281598
e-mail：ink.book@msa.hinet.net
網　　址　舒讀網http：//www.sudu.cc

法律顧問　巨鼎博達法律事務所
施竣中律師
總 代 理　成陽出版股份有限公司
電話：03-3589000（代表號）
傳眞：03-3556521
郵政劃撥　19000691　成陽出版股份有限公司
印　　刷　海王印刷事業股份有限公司

港澳總經銷　泛華發行代理有限公司
地　　址　香港新界將軍澳工業邨駿昌街7號2樓
電　　話　(852) 2798 2220
傳　　眞　(852) 2796 5471
網　　址　www.gccd.com.hk

出版日期　2016年6月　初版
ISBN　978-986-387-090-6

定　價　330元

國家圖書館出版品預行編目資料

不浪漫的法國 / 謝芷霖著；
--初版，--新北市：INK印刻文學，
2016.06　面；14.8 × 21公分（文學叢書；488）
ISBN　978-986-387-090-6（平裝）
855　105003353